FOL

Georges Simenon

Chemin
sans issue

Gallimard

Georges Simenon naît à Liège le 13 février 1903.

Après des études chez les jésuites, il devient, en 1919, apprenti pâtissier, puis commis de librairie, et enfin reporter et billettiste à *La Gazette de Liège*. Il publie en souscription son premier roman, *Au pont des Arches*, en 1921 et quitte Liège pour Paris. Il se marie en 1923 avec « Tigy », et fait paraître des contes et des nouvelles dans plusieurs journaux. *Le roman d'une dactylo*, son premier roman « populaire » paraît en 1924, sous un pseudonyme. Jusqu'en 1930, il publie contes, nouvelles, romans chez différents éditeurs. En 1931, le commissaire Maigret commence ses enquêtes... On tourne les premiers films adaptés de son œuvre. Il alterne romans, voyages et reportages, et quitte son éditeur Fayard pour les Éditions Gallimard où il rencontre André Gide. Durant la guerre, il est responsable des réfugiés belges à La Rochelle et vit en Vendée. En 1945, il émigre aux États-Unis. Après avoir divorcé et s'être remarié avec Denise Ouimet, il rentre en Europe et s'installe définitivement en Suisse.

La publication de ses œuvres complètes (72 volumes !) commence en 1967. Cinq ans plus tard, il annonce officiellement sa décision de ne plus écrire de romans.

Georges Simenon meurt à Lausanne en 1989.

CHAPITRE PREMIER

Ce n'est qu'après coup, bien sûr, que les heures prennent leur importance. Cette heure-là, sur le moment, avait la couleur du ciel, un ciel gris partout, en bas, où couraient des nuages poussés par le vent d'est, en haut où l'on devinait des réserves de pluie pour des jours et des jours encore.

On n'avait plus le courage de geindre et de remarquer que c'était le dimanche avant Pâques. À quoi bon ? Il y avait des mois que cela durait ! Des mois que les journaux parlaient d'inondations, de glissements de terrains et d'éboulements !

Mieux valait hausser les épaules et se taire, comme Pastore, l'adjoint, qui, campé devant la porte, les mains dans les poches, le dos rond, regardait droit devant lui.

Il n'était que dix heures du matin. À cette heure-là, l'adjoint au maire n'était pas habillé. Il venait en voisin, un vieux complet passé sur sa chemise de nuit, les pieds nus dans des pantoufles de chevreau jaune.

Lili, au comptoir, lavait les verres qu'elle rangeait sur l'étagère. Tony, le pêcheur, à demi couché sur la banquette de faux cuir, suivait ses gestes du regard sans seulement s'en rendre compte.

À chaque rafale, l'enseigne de zinc découpé se balançait en grinçant et l'eau délavait la bouillabaisse qui y était peinte en couleurs vives, soulignée des mots : *Chez Polyte*.

Et naturellement Polyte rageait ! Il n'était pas habillé non plus, ni débarbouillé. Avec des gestes violents, il rechargeait le gros poêle qui aurait dû être éteint depuis deux mois. Puis il gagnait la cuisine – on descendait une marche – et il y remuait des seaux et des casseroles.

— Ce n'est pas aujourd'hui qu'on bénit le buis ? demanda l'adjoint au moment où les cloches sonnaient à l'église de Golfe-Juan.

Justement une vieille femme passait, tout en noir, courbée sous son parapluie, un livre de messe à la main.

— Nous ne sommes pas plutôt le jour des cierges ? soupira Tony sans bouger.

— Quels cierges ?

— Du temps que j'étais enfant de chœur...

— Tu as été enfant de chœur, toi ?

— Pourquoi pas ? Je me souviens qu'il y avait une histoire de cierge, un gros cierge dans lequel le curé plantait des clous...

— Tu as dû rêver ! grommela l'adjoint qui ne trouvait rien de semblable dans sa mémoire.

Devant lui, les barquettes dansaient dans le port de Golfe-Juan, amarrées toutes à quelques mètres de la jetée, le nez au vent. Ce n'est que beaucoup plus loin, là où elle n'était plus abritée par le cap d'Antibes, que la mer moutonnait si dur qu'elle paraissait fumer.

— Moi, je me rappelle le cierge..., intervint Lili à qui on ne pensait plus.

L'adjoint en profita pour lancer une plaisanterie grossière et entrouvrit la porte vitrée. Du coup, la pluie qui crépitait sur l'étroit trottoir envoya des postillons jusqu'au milieu du café.

— La porte ! glapit Polyte, de la cuisine.

— Ta gueule ! renvoya l'adjoint en la fermant quand même.

De temps en temps, une auto passait, allant de Cannes à Juan-les-Pins, parée de moustaches d'eau boueuse. Puis une grosse voiture bleue s'arrêta, une limousine conduite par un chauffeur en livrée.

De l'intérieur sortit un homme en pantalon blanc, en ciré noir, coiffé d'une casquette de marin ; il serra distraitement la main du chauffeur et, rentrant les épaules, se précipita vers le café.

L'adjoint, s'effaçant pour le laisser passer, murmura :

— Adieu, Vladimir !

L'auto repartait déjà vers Cannes d'où elle venait. Vladimir secouait son ciré noir, s'approchait du comptoir, grognon, maussade, hésitant. C'était la comédie de tous les matins. Il regardait les bouteilles avec dégoût. À cette heure-là, son visage était bouffi, ses paupières rougeâtres. Lili, un verre et un torchon à la main, attendait en souriant.

— Un whisky ?

— Non...

Tony, affalé sur sa banquette, regardait aussi Vladimir. Et l'adjoint tournait maintenant le dos à la porte vitrée.

— Eh bien ! oui... Un whisky, va !

Il allumait une cigarette, examinait Tony sans éprouver le besoin de lui dire bonjour. À quoi bon, quand on se voit toute la journée ? Puis il jetait un coup d'œil dehors, au yacht qui se profilait au bout de la jetée.

— Blinis est sorti ?

— Pas vu...

Vladimir entra dans la cuisine, où Polyte mettait des pommes de terre au feu. Il ouvrit un placard, y prit le bocal d'anchois au sel, en retira deux ou trois avec ses doigts.

— Couché tard ? questionna Polyte.

— Quatre heures..., cinq heures... Je ne sais plus...

— Du monde ?

— Des amis de Marseille, qui repartent ce soir.

Et, campé à nouveau près du comptoir, il grignotait ses anchois, sans les dessaler, buvant parfois une gorgée de whisky. Puis il soupirait, tourné vers le bateau blanc. L'adjoint soupirait aussi, désolé par le temps.

— Il est l'heure que j'aille m'habiller, affirmat-il.

C'était la troisième fois qu'il le disait, mais il n'avait pas le courage de sortir du café et d'entrer dans la maison voisine.

Sans changer de place, Tony s'exclama :

— Té ! le voilà, Blinis...

12

Quelqu'un venait de descendre du yacht, là-bas, un homme vêtu comme Vladimir d'un pantalon de toile blanche, d'un ciré noir, coiffé d'une casquette à écusson doré. Il portait à la main un filet à provisions et il marchait vite, le col relevé, le menton bas. Il fit un écart pour regarder dans le café, aperçut Vladimir et continua sa route vers le marché.

— Il ne doit pas s'embêter avec la petite ! remarqua l'adjoint.

Vladimir ne répondit pas. Sans se donner la peine de payer, il jeta son ciré sur ses épaules et se dirigea vers l'*Elektra*.

Les autres, chez Polyte, n'avaient rien remarqué, avaient cru que c'était sa tête de tous les matins. Depuis des années qu'il était capitaine de l'*Elektra*, on avait eu le temps de s'habituer à lui. Lili n'avait pas hésité à lui servir un whisky, bien qu'il eût d'abord dit non. À présent encore, tous prévoyaient qu'il ne resterait pas longtemps à bord, mais qu'il allait revenir en boire un autre, après quoi seulement se dissiperait son amertume matinale.

En réalité, ils ne savaient rien, ni les uns, ni les autres. Ils avaient repris leur morne contemplation de la pluie. Ils suivaient des yeux la silhouette de Vladimir qui se rapprochait du bateau, se profilait sur la passerelle, disparaissait enfin par l'écoutille d'avant.

— Pour ce qui est d'avoir le filon..., soupira Tony, le pêcheur.

— Je ne voudrais pas être tous les jours à sa

place, protesta l'adjoint, qui se demandait si le moment n'était pas venu d'aller s'habiller.

Lili, qui en avait fini avec les verres, essuyait la buée humide ternissant le vernis des tables. Ce n'était pas un café de pêcheurs, pas non plus un restaurant pour touristes. Cela tenait des deux. Polyte avait gardé le comptoir d'autrefois, un grand comptoir d'étain, avec les fontaines à bière, la machine à sous dans le coin. Le sol était toujours pavé de rouge à la mode provençale, mais les tables étaient de belles tables rustiques en chêne sombre, les chaises avaient d'épais fonds de paille, les vitres étaient garnies de rideaux à petits carreaux.

— Lili ! cria Polyte. Va me chercher une demi-livre de lard...

— Je prends votre ciré ? demanda-t-elle à Tony.

Et elle courut vers les boutiques groupées autour de l'église et du cinéma. Elle vit Blinis qui tâtait des courgettes, l'une après l'autre comme une bonne ménagère, et elle lui lança de loin :

— Adieu, Blinis !

Toujours le vent, les nuages gris courant sur le fond uni d'autres nuages imperturbables. Dans le poste d'équipage de l'*Elektra*, Vladimir restait debout, aussi immobile qu'un cardiaque qui sent la crispation annonciatrice de la crise.

À droite, la couchette de Blinis. À gauche, la sienne. En réalité, il y avait deux couchettes superposées de chaque bord, mais la couchette supérieure servait à ranger leurs effets personnels.

Côté Vladimir, le désordre, du linge, des vêtements pêle-mêle, et des bouteilles d'eau de Vittel.

Côté Blinis, cela sentait le soldat modèle : les
couvertures repliées avec soin, les piles de linge,
de menus objets, des souvenirs, une vue de Ba-
toum, au Caucase, encadrée d'un ruban bleu...

Vladimir gardait la main droite dans sa poche.
Sa silhouette flottait un peu, à cause de la houle
qui berçait le bateau. Au-dessus de sa tête,
l'écoutille ouverte laissait pénétrer la pluie, un
carré mouillé se formait sur le plancher.

Soudain il soupira, balbutia un mot en russe et
tendit la main vers un coffret pyrogravé qui se
trouvait du côté de Blinis. C'était un de ces cof-
frets où les jeunes filles rangent leurs chers souvenirs, puis leurs lettres d'amour.

Celui-ci contenait des photographies, des pièces
de monnaie, des cartes postales, un fouillis de me-
nues choses sans valeur, que la main de Vladimir
écarta.

L'espace d'une seconde, dans le poste quelque
chose brilla en dépit de la lumière rare, un dia-
mant aussi gros qu'une noisette, enchâssé dans
une bague.

Puis il y eut un bruit sur le pont, le geste vif de
Vladimir reposant le coffret à sa place. À peine
eut-il le temps de se pencher vers sa couchette.
Quelqu'un se dressait au-dessus de sa tête, près
de l'écoutille ouverte.

— Vous étiez là ! dit une voix...

— Oui, Mademoiselle...

Et il devint cramoisi. Il ne savait plus que faire.

Il saisissait des vêtements au hasard. Puis il gravit l'échelle de fer et se trouva à son tour sur le pont.

La jeune fille ne s'occupait déjà plus de lui. Elle se tenait à l'avant du bateau, vêtue elle aussi d'un ciré, les mains dans les poches. La pluie tombait sur ses cheveux bruns sans qu'elle parût s'en apercevoir. Sa ligne était nette, son visage grave et quiet. Elle regardait tomber la pluie, comme l'adjoint à la vitre de chez Polyte, comme tant d'autres êtres enfermés devaient le faire à la même heure.

— Mademoiselle Hélène...

Elle se tourna à demi vers Vladimir et son visage resta aussi fermé.

— Votre mère m'a chargé de vous dire...

On vit Blinis déboucher sur le quai, de la verdure dépassant de son filet à provisions.

— ... qu'elle voudrait que vous alliez déjeuner aux *Mimosas*... Elle vous enverra la voiture à midi...

— C'est tout ?

Vladimir remit sa casquette et s'engagea sur la passerelle. Il croisa Blinis à mi-longueur de la jetée. Ils s'arrêtèrent tous les deux.

— Tu repars là-bas ? demanda Blinis, en russe.

— Je ne sais pas.

— La patronne doit venir ?

— Peut-être.

Ils s'étaient déjà éloignés l'un de l'autre. Blinis se retourna pour crier, toujours en russe :

— Si tu la vois, demande-lui de l'argent. Je n'en ai plus.

Vladimir grogna, continua son chemin, poussa

la porte de chez Polyte et s'assit sur la banquette, près de la fenêtre dont il écarta le rideau. L'adjoint n'avait pas encore eu le courage d'aller se raser.

— Tony prétend qu'aujourd'hui c'est le cierge, disait l'adjoint au maire une heure plus tard, tandis que Lili posait sur la table un tapis pour la belote. Moi, je dis que c'est le buis bénit...

L'Italien, qu'on appelait ainsi, mais qui était aussi français que les autres, fronça les sourcils.

— Nous ne sommes pas le dimanche des Rameaux ? Hé ! Polyte... Apporte un calendrier...

On ne trouva pas de calendrier. L'adjoint faisait couper les cartes. Il était enfin habillé et montrait un visage rasé de frais, marqué de talc.

Polyte, lui aussi, avait fait sa toilette et, bien qu'il restât peu de chances de voir des touristes, il avait mis son costume blanc et son bonnet de cuisinier.

— Tu ne joues pas, dis, Polyte ?

— Le muet n'a qu'à me remplacer... Je viendrai tout à l'heure...

Il tisonnait le feu du fourneau. Le muet prenait place en souriant, faisait des signes que tout le monde comprenait.

— Pourquoi planterait-on des clous dans les cierges ? demandait l'adjoint que cette histoire tarabustait.

— Je ne sais pas, moi, mais je sais qu'on en met !

17

Vladimir savait. Il était là, près d'eux, deux tables plus loin exactement, les coudes sur la table, un plateau d'olives et un verre à demi plein devant lui. Il se souvenait du cierge pascal, à Moscou, où l'on plantait les clous noirs en forme de croix, dans une atmosphère lourde d'encens et de chants d'orgues.

De temps en temps il tressaillait, jetait un regard furtif au pont maintenant désert du bateau. La jeune fille était redescendue avec Blinis. Elle devait le regarder cuisiner, comme d'habitude, et lui, tout excité, lui racontait des histoires.

Allait-il, par hasard, ouvrir son coffret ? Est-ce que tout à l'heure Hélène avait surpris le geste de Vladimir ? Avait-elle remarqué ensuite qu'il rougissait comme un homme pris en faute ?

Elle le méprisait tellement ! Elle n'avait même pas dû y prendre garde ! Elle avait été étonnée, simplement, qu'il fût là alors qu'elle ne l'avait pas entendu monter à bord.

— *Le comme-ci et le comme-ça...*

Pour quelqu'un d'autre, ces mots n'avaient aucun sens. C'était une expression de Blinis qui, après des années, ne parlait pas encore correctement le français. Il aimait tous les travaux qui demandent de la patience et du soin, comme de vernir les youyous du bord, de cuisiner des petits plats, surtout des plats russes ou caucasiens.

C'est pourquoi, d'ailleurs, parce qu'il préparait à merveille les *blinis*[1], on lui avait donné ce surnom.

---

1. *Blinis :* mets national russe. Sortes de crêpes qui se mangent surtout avec de la crème aigre.

— *Le comme-ci...*, expliquait-il. *Puis le comme-ça...*

Il souriait. Sa bouche aux lèvres pourpres s'ouvrait démesurément, montrait des dents brillantes. Il avait des cheveux noirs un peu crépus, des yeux d'un beau marron sombre. Mais, le plus extraordinaire, c'est que, passé la trentaine, il gardait des expressions d'enfant.

Plus exactement il faisait penser à un adolescent mulâtre. Mais les mulâtres perdent de bonne heure cette grâce animale, cette gaieté innocente, cette câlinerie enfantine...

Blinis, à trente-cinq ans, restait beau et tendre comme un Égyptien de treize ans.

— *Le comme-ci et le comme-ça...*

Vladimir leva la tête.

— Un autre, Lili ! commanda-t-il en repoussant son verre vide.

Le muet le regarda en riant, montra son front, fit tourner son doigt pour expliquer que Vladimir allait encore être saoul.

Les autres jouaient à la belote, criaient, plaisantaient, jetaient leurs cartes avec des gestes catégoriques.

Vladimir n'entendait même pas. Il attira vers lui un journal de Nice qui traînait, le repoussa, après avoir lu deux ou trois titres.

Il était mal à l'aise. Il aurait voulu que la chose eût lieu tout de suite, pour ne pas être tenté de revenir sur ce qu'il avait fait.

— La mère Elektra ne vient pas aujourd'hui ? s'informa Polyte, sur le seuil de sa cuisine.

— Crois pas.

— Elle fait une neuvaine ?

Vladimir haussa les épaules. Le mot n'amusait plus personne. Il y avait trop longtemps qu'on s'en servait.

La mère Elektra, comme Polyte disait, était parfaitement ivre à cinq heures du matin. Et après ? Maintenant, elle dormait dans sa chambre en désordre, tandis que ses invités erraient dans la villa.

Qu'est-ce qu'elle aurait fait d'autre ? En s'éveillant, la bouche pâteuse, elle réclamerait, elle aussi, un verre de whisky. Puis...

De temps en temps, Vladimir regardait les joueurs, chacun flanqué de son pernod.

Il pleuvait toujours, là-bas, sur le bateau blanc. C'était un ancien chasseur de sous-marins, long de trente mètres, étroit, effilé, sur lequel le propriétaire avait fait un demi-million de frais. N'empêche qu'il ne quittait pas le port deux fois par an !

Pourquoi l'aurait-il quitté ? Jeanne Papelier que certains appelaient la mère Elektra, à cause du yacht, vivait tantôt aux *Mimosas*, là-haut, à Super-Cannes, tantôt à bord. Mais, ici ou là, la vie n'était-elle pas la même ?

L'adjoint se retourna quand Vladimir commanda un troisième whisky, car cette fois, le Russe dépassait sa mesure habituelle et il n'était pas encore midi.

— Ça ne va pas ? questionna-t-il sans se douter que cette simple question faisait rougir Vladimir.

C'était un mauvais moment à passer, voilà tout ! Dans une heure ou deux, Jeanne Papelier s'éveillerait, s'apercevrait que son brillant avait disparu. Elle ne tenait peut-être pas à grand-chose, mais elle tenait à ce bijou qu'elle égarait une fois par semaine et qu'elle retrouvait invariablement à la place où elle-même l'avait mis.

Chaque fois, c'était la même comédie. Elle appelait les domestiques, les invités. Elle les regardait tous d'un air soupçonneux. Elle criait :

— Qui est-ce qui a chipé mon brillant ?

Et elle mettait la villa sens dessus dessous, visitant les chambres des domestiques et même les chambres d'amis, grondant, menaçant, se lamentant.

— Si quelqu'un a besoin d'argent, il n'a qu'à le dire... Mais qu'on me vole mon brillant !... À moi qui donnerais ma chemise si on me la demandait !...

C'était vrai. Il y avait toujours cinq ou six personnes, sinon dix, à vivre aux *Mimosas*. De vagues amis qui arrivaient pour deux jours et qui restaient un mois ! Des femmes et des hommes, des femmes surtout...

— Tu n'as pas apporté de robe du soir et tu veux aller au casino ?... Viens avec moi... Choisis...

Elle donnait ses robes. Elle donnait ses étuis à cigarettes, ses briquets, ses sacs à main. Quand elle avait bu, elle donnait tout ce qui lui tombait sous les yeux, quitte, une fois de sang-froid, à grommeler :

— Ces gens qui viennent ici pour se faire entretenir...

Elle donnait à ses domestiques, à tout le

monde. Sauf à Vladimir, parce que Vladimir, c'é-
tait autre chose.

Vladimir, c'était comme une partie d'elle-même ! Vladimir buvait avec elle. Après quelques
verres, Vladimir pleurait avec elle aussi et tous
deux se comprenaient, exprimaient un pareil dégoût pour ce qui les entourait, une égale pitié vis-
à-vis d'eux-mêmes...

— Tu comprends, mon petit Vladimir... Ils ne
m'amusent pas !... Mais je ne peux pas rester
seule...

Ivres morts tous les deux, ils s'étalaient sur le
même lit.

— Qu'est-ce que tu veux que je fasse de ma
fille, qui me tombe soudain sur le dos ? Est-ce
qu'elle n'aurait pas mieux fait de rester où elle
était ?

Jeanne Papelier avait été mariée au moins trois
fois. Du premier mari, elle ne parlait jamais. Le
second, qu'elle avait connu au Maroc, où il était
un fonctionnaire important, faisait maintenant
partie de l'équipe d'hommes politiques qui sont
ministres tous les deux ou trois ans. Il s'appelait
Leblanchet. Quant au troisième, il passait tous les
mardis à la villa, mais il préférait son appartement de Nice. C'était un vieux monsieur à cheveux blancs qui avait presque toujours vécu sous
les tropiques et à qui il arrivait de s'endormir sur
un banc. Sa femme prétendait qu'il avait la mala-
die du sommeil.

Vladimir faisait ce que l'adjoint avait fait tout à l'heure. Il regardait l'horloge, se disait qu'il était temps d'aller déjeuner à bord, mais ne bougeait pas.

– *Le comme-ci et le comme-ça ...*

Il n'avait aucune envie de se trouver face à face avec Blinis, de voir son large sourire, ses yeux de gazelle... Au surplus, il savait ! Si Blinis avait ce charme efféminé, c'est qu'il était tuberculeux. Il ne le disait à personne, mais, sous son matelas, il y avait toujours une bouteille de médicament à la créosote !

Tant pis pour lui.

Vladimir n'était pas jaloux de Mme Papelier, qu'il appelait Jeanne. Deux fois, il avait trouvé Blinis dans sa chambre et il avait fait semblant de ne pas s'en apercevoir. D'ailleurs elle ne se gênait pas pour lui. Il lui arrivait, rencontrant un jeune homme, de lui dire :

— On devrait l'inviter ce soir...

Vladimir acceptait tout, y compris d'être à la fois amant et domestique. Car son grade de capitaine n'était qu'un titre et ne correspondait à aucune réalité. Il faisait le nettoyage du bateau avec Blinis. Tous deux grattaient la coque une fois par an avant de la repeindre.

Ou plutôt Vladimir s'arrangeait pour laisser tout le travail à Blinis, mais ça, c'était différent...

Non ! Ce qui comptait, c'était Hélène...

L'auto, conduite par Désiré, passa devant le café, longea la jetée et s'arrêta à quelques mètres du yacht. Le chauffeur, avant de se résigner à se mouiller, donna quelques coups de klaxon.

Personne ne se montrait ! Qu'est-ce qu'ils faisaient, tous les deux, là-dedans ? Désiré se décida à descendre, à s'engager sur la passerelle. Il pénétra dans le salon où il resta un bon moment, sans doute à discuter avec Hélène.

Puis il revint seul, fit marche arrière, stoppa devant le café.

— Un petit verre de blanc, commanda-t-il.

Il s'assit en face de Vladimir, murmura :

— Elle veut pas...

— Elle ne veut pas aller déjeuner à la villa ?

Désiré haussa les épaules, roula une cigarette, l'alluma.

— Des amis viennent d'arriver... La patronne n'est pas encore levée et elle a défendu qu'on la réveille...

Son regard était cynique, son accent faubourien.

— Quant à la petite, je crois que notre ami Blinis...

Une mimique plus cynique encore, qui fit rougir Vladimir. C'était sa seule faiblesse. Il avait le teint clair des hommes de la Baltique, les yeux bleus, les chairs sans fermeté et, à la moindre émotion, ses joues devenaient pourpres, de même que ses paupières se gonflaient dès qu'il avait bu quelques verres.

— Vous venez ?

— Non, je reste...

24

— Je les ai trouvés tous les deux en train de faire la popote et la demoiselle avait mis un tablier...

L'instant d'avant, Vladimir était décidé à aller déjeuner à bord. Après ces paroles, il n'en eut plus le courage.

Il ne s'embarrassait pas de savoir s'il était amoureux d'Hélène ou s'il ne l'était pas. Depuis trois semaines, elle était tombée dans leur vie, peut-être à la suite de la mort de son père qui devait être le premier mari de Jeanne Papelier.

— Vous avez une drôle de tête ! remarqua le chauffeur. Je vous offre un verre ?

— Merci.

— Vous ne buvez pas ?

Vladimir n'en pouvait plus. Quel besoin avait-on de lui parler alors qu'il pensait à autre chose ? Ou plutôt il essayait de ne pas penser. Il attendait. Il avait hâte que l'événement eût lieu.

Le brillant était dans le coffret... Jeanne Papelier allait se lever, s'apercevoir de sa disparition...

Tant pis pour Blinis !

Un peu de fumée sortait de la cheminée du bateau, mais, à cause du vent, on l'apercevait à peine. Parfois, au bout d'une heure ou deux, la pluie cessait de tomber pendant quelques minutes, puis une rafale d'autant plus forte faisait oublier cette accalmie.

— Vous mangez ici ?

Oui, Vladimir avait mangé chez Polyte, sans

appétit, les coudes sur la table ! Ensuite, il avait bu ! Ensuite, il s'était étendu de tout son long sur la banquette de moleskine.

Comme la lumière lui faisait mal aux yeux, il avait étalé un journal sur son visage.

Le déjeuner terminé, l'adjoint était revenu, cherchant un partenaire pour jouer à quelque chose. Il s'était assis non loin du Russe et avait déployé un autre journal pour lire, mais il n'en avait guère envie.

— Un jacquet ? proposa Polyte à mi-voix.

Ils en firent un, sans conviction, abandonnèrent le jeu sur la table.

Les autos qui passaient ne s'arrêtaient pas. Des cloches sonnaient les vêpres et l'adjoint ne savait pas encore si c'était le dimanche du buis ou celui des cierges. Il soupira, se cala dans l'angle de la banquette.

Lili, à nouveau, essuyait des verres qu'elle rangeait ensuite sur l'étagère et, bientôt, elle entendit le ronflement de l'adjoint.

Est-ce que Vladimir dormait aussi ? La boue étoilait son pantalon blanc. Il portait un tricot rayé de bleu et on ne voyait rien de son visage. Ses cheveux, d'un blond roux, devenaient rares.

— Tu m'éveilleras à quatre heures, soupira Polyte en montant dans sa chambre.

Toujours un peu de fumée au-dessus de la cheminée du yacht... Aux *Mimosas*, Jeanne Papelier sonnait sa femme de chambre, demandait de l'eau de Seltz d'une voix pâteuse...

— Qui est en bas ?

— La Suédoise vient d'arriver avec son

fiancé... Je leur ai servi à déjeuner... Ils sont dans le petit salon...

— Qu'est-ce qu'ils font ?

— Rien.

— Laisse-moi dormir...

— Madame ne se lève pas ?

— Non. Ma fille n'est pas venue ?

— Elle a fait dire par Désiré qu'elle aimait mieux rester à bord.

— Et Vladimir ?

— Il est parti à dix heures et il n'est pas revenu.

— Qu'on ne me réveille pas...

Les invités avaient voulu jouer au bridge, mais il manquait un quatrième. La Suédoise se faisait une réussite, dans le salon encombré de magazines et de romans. Son fiancé, qui avait vingt-cinq ans et portait une tenue de golf, lisait une revue de cinéma.

À la cuisine, le maître d'hôtel mangeait en tête à tête avec la cuisinière, lentement, en parcourant des yeux son journal.

— Tout le monde dîne ici, ce soir ?

— Je ne sais pas.

Dans des milliers de maisons et de villas de la Côte d'Azur, les gens ne savaient que faire et regardaient tomber la pluie. À Cannes, à Nice, à Antibes, les parapluies se refermaient à l'entrée des cinémas.

L'adjoint s'éveilla vers quatre heures, en sursaut. Dieu sait ce qu'il venait de rêver ! Il trouva Vladimir assis à sa table, le menton dans la paume des mains, à regarder droit devant lui.

— Ça ne va pas ?

— Ça va !

Qu'est-ce qu'ils pouvaient faire à bord, tous les deux ? Il était facile, certes, d'aller voir. Mais s'il ne se passait rien ?

Or, justement, il ne se passait rien ! Dans le petit salon aux tapisseries japonaises, Blinis et Hélène jouaient aux cartes, ou plutôt Blinis enseignait à la jeune fille un jeu russe, le soixante-six. Le dimanche précédent déjà Vladimir les avait surpris dans cette occupation.

— *Le comme-ci et le comme-ça...*

Blinis riait de toutes ses dents, gagnait, regardait sa partenaire avec des yeux si enfantins et si tendres qu'elle ne pouvait s'empêcher de rire.

— Je n'aime pas votre ami Vladimir..., dit-elle soudain.

Et son compagnon de répliquer :

— Vous ne le connaissez pas... C'est un vrai Russe, un homme extraordinaire... Mais il faut le comprendre...

— En attendant, il vous laisse tout le travail...

— C'est un vrai Russe..., répétait Blinis.

— Il est jaloux de vous...

— De moi ?

Il riait. De quoi Vladimir eût-il été jaloux ?

— Voulez-vous que je vous raconte une histoire ?... C'est une histoire caucasienne... Quand nous étions riches, une fois, le jour des Rameaux...

Vladimir, s'étirant devant les vitres perlées de pluie, commandait à Lili un autre whisky.

CHAPITRE II

— Où va-t-il ?

L'adjoint eut à peine le temps de prononcer ces mots. Au moment où l'on s'y attendait le moins, Vladimir, à qui Lili allait servir son whisky, avait ouvert la porte. Un autobus s'arrêta pile devant lui, la portière s'ouvrit, se referma et déjà la voiture démarrait avec le Russe assis à côté du conducteur.

Dix minutes plus tard, Vladimir descendait à Cannes, sortait de la ville, toujours sous la pluie, gravissait une rue en pente, entre deux murs. Puis ce fut une grille flanquée de lions de pierre, une allée au gravier fin, des pelouses, un perron entre des colonnes.

Il s'arrêta un instant pour écouter. On jouait du phonographe dans le grand salon. Alors, il poussa la porte, accrocha sa casquette et son ciré au portemanteau. Du hall, il pouvait voir dans le salon. C'était la Suédoise qui s'occupait du phonographe, sans conviction. Dans le fauteuil voisin, son fiancé, le comte de Lamotte, tiré à quatre épingles, lisait paresseusement un journal.

À table, enfin, une jeune divorcée, que tout le monde appelait Jojo et qui était en perpétuel conflit avec son ex-mari, remplissait des pages et des pages d'une grande écriture anguleuse.

Le Russe allait passer. Lamotte le rappela.

— Eh ! Vladimir...

Vladimir montra son visage lugubre dans l'encadrement de la porte.

— Vous montez ?

— Oui. Pourquoi ?

— Dites donc à Jeanne qu'elle vienne ! Essayons de trouver quelque chose... La journée a été mortelle... On pourrait peut-être aller à Nice, ou à Monte-Carlo ?

Vladimir se contenta de battre des paupières et s'engagea dans l'escalier. La villa, qui datait d'avant-guerre, était très Côte d'Azur, avec une profusion de marbres, de bronzes et de peintures murales. Lors de sa construction, elle avait dû être meublée selon un plan préconçu. Mais sans aucun doute, ensuite, avait-elle été louée chaque saison. Les tapis s'étaient fanés, les meubles avaient été changés de place et remis au petit bonheur. Puis un beau jour, Jeanne Papelier avait racheté le tout, avait apporté, par surcroît, des meubles qu'elle avait en trop à Nice et à Paris.

Au premier étage, Vladimir approcha l'oreille d'une porte et écouta. N'entendant aucun bruit, il tourna lentement le bouton, poussa l'huis et fut surpris de se trouver face à face avec Jeanne qui le regardait.

Elle était assise sur son lit, les cheveux défaits, un plateau, avec le thé et les toasts, posé sur ses jambes. Les rideaux étaient encore fermés, si bien que la chambre restait dans la demi-obscurité.

— Te voilà ! dit-elle simplement.

Les amis d'en bas, qui avaient l'habitude de la voir habillée, l'auraient à peine reconnue. Elle avait près de cinquante ans et ses traits, au réveil, étaient durs ; son front surtout, auréolé de cheveux rares, était extraordinairement volontaire.

— Qu'est-ce qu'ils font ? demanda-t-elle, comme Vladimir s'asseyait, sans mot dire, au pied du lit.

— Edna joue du phono... Lamotte lit... Jojo écrit...

— Tu es allé à bord ? Tiens, enlève donc ce plateau...

Au réveil, elle était toujours calme, avec quelque chose d'un peu fantomatique, comme s'il eût fallu un certain temps pour qu'elle reprît sa personnalité. Ainsi que Vladimir, elle avait de gros yeux.

— Tu n'as vu personne d'autre, en bas ? Il paraît que Pierre et Anna sont sortis sans permission...

Pierre était le maître d'hôtel. Anna la cuisinière.

— Qu'est-ce que tu as ?

— Rien...

Il n'avait rien, mais il n'était pas tout à fait dans son assiette. Il venait de penser que, d'une seconde à l'autre, l'événement pouvait se produire. La boîte à bijoux était dans la coiffeuse. Il arrivait à Jeanne, en se levant, de l'ouvrir machinalement...

— Lamotte parle d'aller dîner à Nice ou à Monte-Carlo, dit-il.

— Quel temps fait-il ?

— Il pleut.

— Alors, merci ! Sans compter que Désiré n'aime pas qu'on sorte le dimanche soir. On n'aura qu'à manger ce qui se trouvera dans le frigidaire...

La chambre était en désordre. Jeanne, qui n'avait pas encore le courage de se lever, réclama des cigarettes.

— Ils n'auraient quand même pas dû sortir sans m'avertir, grommela-t-elle. Je suis trop bonne avec eux !

C'était toujours la même comédie. Les domestiques faisaient ce qu'ils voulaient. Puis, un beau jour, soudain, elle était prise d'une rage aveugle, les mettait tous à la porte d'un seul coup, et allait vivre à l'hôtel pendant deux ou trois jours, le temps d'en trouver d'autres.

— Ne te promène pas ainsi dans la chambre ! Tu m'énerves ! Ouvre les rideaux, tiens !

C'était encore plus lugubre ainsi, car le jour tombait et toute la tristesse d'un crépuscule mouillé pénétrait la pièce.

— Non ! Ferme... Allume les lampes...

Avec lui, elle était sans coquetterie. Elle se montrait telle qu'elle était, au moral comme au physique. Peu lui importait, en plissant le front, d'avoir l'air d'une vieille femme !

— Tu ne m'as pas dit si tu étais allé à bord...

— J'y suis allé.

— Tu as vu Hélène ?

— Elle était là, oui.

— Qu'est-ce qu'elle faisait ?

Elle se grattait le crâne comme si elle eût été seule.

— Elle ne faisait rien, dit Vladimir

— Qu'est-ce que tu en penses, toi ?

Il haussa les épaules. Et Jeanne le regarda attentivement, comme pour forcer sa pensée.

— Elle ne t'a jamais parlé de moi ?

— Elle ne me parle jamais.

— Alors, à qui parle-t-elle ? Pas à moi ! Pas à mes amis !

— À Blinis...

— Et tu ne sais pas ce qu'elle lui raconte ?

Il était de plus en plus mal à l'aise. Il se souvenait de la fumée montant de la cheminée du bateau, de Blinis et d'Hélène jouant comme des enfants au soixante-six.

— Je ne sais pas..., répondit-il.

— C'est drôle... C'est ma fille... Je suis forcée de le croire, puisque je l'ai mise au monde et que les papiers sont là !... Cependant, je ne le sens pas du tout... Elle non plus, d'ailleurs ! Elle me regarde avec étonnement, avec méfiance... Tu crois que je ne ferais pas mieux de lui verser une rente pour qu'elle aille vivre ailleurs ?

Ce disant, elle sortit les jambes du lit, attrapa ses pantoufles du bout des orteils et entra dans la salle de bains dont elle laissa la porte ouverte. On frappa à la porte de la chambre. Une voix cria :

— C'est moi !

C'était Edna, la Suédoise.

— Fais-la entrer, lança Jeanne Papelier en ouvrant les robinets de la baignoire.

Tout se passait en famille. Edna n'était pas étonnée de trouver Vladimir installé dans la chambre. Elle alla s'appuyer au chambranle de la salle de bains, si bien qu'elle voyait, d'une part le Russe, et de l'autre Jeanne qui faisait sa toilette.

— Le comte propose d'aller dîner à Nice...

— Vladimir me l'a dit...

Tout le monde disait le comte, par habitude, y compris sa fiancée. Il y avait deux ans qu'ils étaient fiancés et qu'ils ne parlaient jamais de mariage. Edna vivait des semaines aux *Mimosas* où Lamotte venait la voir de temps en temps, puis soudain elle disparaissait pendant des semaines ou des mois, séjournant à Paris, allant peut-être voir ses parents en Suède... Un beau matin, elle revenait comme si elle n'était partie que de la veille, retrouvait sa chambre et son peignoir.

— Le comte sait bien que je ne sors jamais le dimanche...

— La cuisinière est en ville.

— Tant pis ! On mangera froid !

Quand Jeanne serait habillée, elle ouvrirait la boîte à bijoux et... Est-ce qu'ils jouaient toujours aux cartes à bord de l'*Elektra* ?... Non ! ils devaient faire la dînette... Blinis riait en racontant des histoires...

Des histoires qu'il inventait, d'ailleurs ! Il mentait ! Ils mentaient tous les deux, Vladimir et lui ! Par exemple, pour obtenir la place à bord du yacht, Vladimir avait affirmé qu'au moment de la

Révolution russe il était enseigne de vaisseau à bord d'un croiseur.

Personne n'avait pensé à faire un simple calcul, car on se serait aperçu qu'à cette époque-là il n'avait même pas dix-huit ans. Il venait tout juste d'entrer à l'École navale de Sébastopol, où il n'était resté que huit mois.

Quant à Blinis, il n'était pas même dans la marine, mais au gymnase[1]. Et il n'était pas prince, comme il le racontait, ou alors, c'était à la façon de tous les propriétaires caucasiens.

— *À nous pays...*

Encore un mot de Blinis, au début, quand il ne connaissait que quelques mots de français. Cela voulait dire :

— Dans notre pays...

Et, extatique, il représentait le Caucase comme un lieu de conte de fées, ses parents comme de riches seigneurs, le château où il était né plein de serviteurs allumant des centaines de bougies pour éclairer des soupers gargantuesques au son des balalaïkas...

— *À nous pays...*

Vladimir était rouge. Il ne faisait pas attention à la Suédoise appuyée au chambranle de la porte, ni à Jeanne qui sortait du bain et endossait un peignoir bleuâtre.

Tout à l'heure, quand elle ouvrirait le coffret à bijoux...

Il avait été servi, la veille au soir, par un hasard providentiel. Blinis était avec eux. On buvait

1. Équivalent du lycée en France.

ferme dans le salon. Une vitre cassée depuis le matin et Jeanne avait murmuré :

— Blinis !... Va chercher une écharpe dans ma chambre...

Il était monté. Quand on découvrirait le vol de la bague, on s'en souviendrait ! D'autant plus qu'ensuite, il était parti le premier pour aller coucher à bord.

— Vladimir ! cria Jeanne.

— Oui...

— Tu ne veux pas aller acheter des œufs ? Edna dit qu'il n'y en a pas un seul dans la maison...

Il aimait mieux ça ! L'absence du brillant se découvrirait pendant qu'il ne serait pas là...

Il dut descendre la rue jusqu'en bas et il mit un certain temps à dénicher une épicerie encore ouverte. Il revint avec les œufs et il ne s'était encore rien passé dans la maison. Il est vrai que Jeanne n'était pas descendue.

— Viens m'aider..., dit Edna.

Tantôt on se tutoyait, tantôt on se disait vous. Le *shaker* était sur la table et il se versa un cocktail. Dans la cuisine, on trouva Désiré, le chauffeur, qui lisait son journal ayant retiré ses guêtres de cuir noir pour reposer ses jambes.

Il ne bougea pas, continua de lire, les coudes sur la table, tandis que tout le monde se mettait à préparer le dîner.

Quand Jeanne descendit, elle avait son allure de tous les jours et elle avait bu un cocktail en passant par le salon. Du coup, elle était plus gaie, plus vivante. Ses cheveux avaient pris leur teinte

36

acajou. Sa robe de soie noire moulait un corps petit et gras, mais dur, nerveux.

— Ça va, les enfants ? cria-t-elle de sa voix cassée.

Edna avait déniché un tablier blanc. Le comte dressait la table. Jojo ratait, pour la seconde fois, une mayonnaise.

— Tu crois que ma fille ne viendra pas, Vladimir ? Je lui avais fait dire que je voulais la voir...

Elle éclata de rire.

— Comme si quelqu'un m'écoutait, ici ! Même les domestiques vont et viennent à leur fantaisie sans seulement se donner la peine de me prévenir ! Vous ne sortez pas, vous, Désiré ?

Et Désiré, levant la tête de son journal, répondit calmement :

— Tout à l'heure, j'irai au cinéma.

— Donne-moi à boire, Vladimir !

Lui seul savait qu'elle faisait semblant de rire. Plus tard, quand elle aurait bu quatre ou cinq verres, elle parlerait d'une autre voix, elle le regarderait autrement. Puis, plus tard encore, quand elle serait ivre, elle laisserait jaillir son amertume.

— Nous sommes des malheureux, Vladimir ! Tout le monde se moque de nous et personne ne nous aime... Nous sommes trop bons, vois-tu ! Il y a des moments où j'ai envie d'envoyer tout promener...

Elle ne le pouvait pas, parce qu'elle avait besoin de sentir de la vie autour d'elle. Quand d'aventure il n'y avait personne, ce qui était rare, elle ramassait de nouveaux amis dans quelque boîte de nuit...

Au dernier stade de l'ivresse, elle pleurait.

— Quand je pense que j'ai une fille et que je ne la connais pas ! Veux-tu que je te dise, Vladimir ? Je lui fais horreur, à ma fille !... Voilà la vérité !... Personne ne me comprend... Ou plutôt, il n'y a que toi...

Les yeux de Vladimir s'embuaient, car il était aussi saoul qu'elle.

— Avoue que, si tu avais de l'argent, tu ferais comme moi ?... Il faut bien se raccrocher à quelque chose...

Cela n'alla pas aussi loin, ce dimanche-là. On mangea. Personne n'avait d'appétit. On entendait toujours la pluie pianoter sur la terrasse. Le comte était furieux de n'avoir pu aller à Nice. Jeanne essayait de mettre de l'entrain en racontant des histoires.

Soudain, à dix heures, comme on mangeait encore, Vladimir se leva, aussi brusquement qu'il était sorti tout à l'heure de chez Polyte.

— Où vas-tu ?

— Je m'en vais !

— Tu es fou ?

Non ! Il s'en allait, simplement ! Il en avait assez. Il ne pouvait plus rester assis à cette table. Il avait bu, certes, mais pas assez pour avoir perdu le contrôle de lui-même.

— Assieds-toi, Vladimir !

Elle eut le malheur de dire cela sur un ton autoritaire et il la regarda de ses yeux les plus mauvais. C'étaient des yeux bleus, très doux d'habitude, plutôt rêveurs, mais qui pouvaient se durcir d'une façon inattendue.

Après l'avoir regardée, il fit encore deux pas vers la porte !

— Vladimir !

Il haussa les épaules.

— Vladimir, je t'ordonne de...

Il grommela quelque chose et sortit.

— Qu'est-ce qu'il a dit ? demanda Jeanne Papelier.

Edna se tut. Le comte, lui, répéta :

— Il a dit : « Je ne suis pas un larbin ! »

Alors, elle courut après lui, le rejoignit dans l'obscurité du corridor.

— Vladimir !

Mais il la repoussa si violemment qu'elle faillit tomber.

Si bien que la soirée fut encore plus lamentable que les autres. Jeanne était mortifiée. Elle décida soudain de sortir, mais on s'aperçut que le chauffeur était déjà parti.

— Je conduirai..., proposa le comte.

On s'habilla donc. Il se dirigea vers le garage et revint un peu plus tard, alors que tout le monde était prêt.

— Désiré a emporté la clef de contact...

Ce fut Edna qui prit tout !

— Qu'est-ce que tu as à me regarder comme ça, toi ? lui cria Jeanne Papelier. Cela t'amuse, hein ?

Vladimir attendait l'autobus, en face du casino. À Golfe-Juan, il y avait encore de la lumière chez

Polyte. Une partie de belote venait de finir et les clients endimanchés, renversés sur leur chaise, parlaient politique.

— Donne-moi à boire, dit-il à Lili en s'accoudant au comptoir.

Elle rit.

— Qu'est-ce qui vous a pris tout à l'heure ?

— À moi ?

Il ne se souvenait plus. Il ne remarquait pas non plus que le rire de Lili était un rire plein d'admiration et de tendresse. Il sortit, sans avoir adressé la parole aux autres clients et il atteignit bientôt l'*Elektra*, franchit la passerelle, resta un bon moment sur le pont, sensible, soudain, au calme nouveau de l'air.

Le vent d'est était tombé. La pluie avait cessé. Déjà il y avait des trouées dans les nuages et, quelque part du côté de la terre, des grenouilles coassaient à l'envi.

À bord, aucune lumière. Mais il savait qu'Hélène était dans sa cabine, la première à gauche, celle qui avait un rideau de cretonne à fleurs tiré devant le hublot. Elle dormait. Peut-être s'était-elle réveillée au léger bruit qu'il avait fait ? Dans ce cas, elle devait attendre, pour s'assoupir à nouveau, qu'il fût couché à son tour.

Il continua vers l'avant. Blinis se couchait toujours avec l'écoutille ouverte. Juste au moment où Vladimir l'atteignait, un rayon de lune éclaira, à l'intérieur, la couchette étroite, le visage du Caucasien endormi.

C'était encore plus frappant ainsi qu'à l'état de veille : on n'eût pas dit un homme, mais un enfant dormant du sommeil de l'innocence. Ce qui accroissait encore cette impression, c'est que Blinis avait les lèvres entrouvertes. En outre, la nuit, il lui arrivait souvent de balbutier des syllabes sans suite, d'esquisser des mouvements nerveux.

Vladimir allait entrer, s'étendre sur la couchette d'en face. Soudain, ses traits se brouillèrent. On aurait pu croire qu'il allait pleurer.

Au lieu de cela, il fit demi-tour, n'étouffant plus le bruit de ses pas, franchit lourdement la passerelle, poussa d'un geste brusque la porte vitrée de chez Polyte. Les consommateurs se levaient pour s'en aller. Polyte allait fermer.

— Donne-moi à boire, Lili !

— Encore ? fit-elle avec reproche.

— Ça te regarde, oui ?

Et il but, salement, verre après verre, le regard fixe. Les autres l'observaient et s'adressaient des signes. Au quatrième verre, il s'essuya la bouche, s'éloigna du comptoir, heurta la première table. Il ne voyait rien, ni personne. Il avait les mâchoires serrées. Lili se précipita pour lui ouvrir la porte, car elle le voyait chercher la clenche d'une main hésitante.

— Qu'est-ce qu'il tient ! remarqua l'adjoint en s'approchant à son tour de la porte. S'il ne se flanque pas à l'eau, il a de la chance !

Ils se groupèrent sur le seuil, y compris Lili, à regarder Vladimir qui longeait la jetée en chancelant. De temps en temps, sans raison, il s'arrêtait net et on se demandait quelle idée pouvait lui passer par la tête.

Puis, il repartait. Lili cessa de respirer au moment où il mettait le pied en avant pour s'engager sur la passerelle. Cela semblait un miracle qu'il gardât son aplomb.

— Vous en faites pas ! Il a l'habitude..., fit Polyte en accrochant les volets.

Et, en effet, Vladimir arriva à bon port. Il ne perdit l'équilibre qu'au moment de s'engager sur l'échelle de fer de l'écoutille. Il dégringola tous les échelons d'un seul coup, tandis que Blinis, sans s'éveiller, balbutiait en russe :

— C'est toi ?

Tout était nettoyé, le ciel, la mer, les façades blanches et roses des maisons, les toits de tuiles rouges, les barques allongées autour de l'*Elektra* et jusqu'aux plus lointains horizons, jusqu'aux montagnes dont la verdure était remise à neuf. C'est à peine si, dans le creux des grosses pierres de la jetée, un peu d'eau attestait encore les pluies des derniers jours.

D'ailleurs, il y avait un signe plus évident : là-bas, sur le quai, Polyte avait baissé la tente à rayures rouge et jaune de sa devanture et on le voyait, vêtu de blanc, qui rangeait les tables de la terrasse et y plantait des parasols.

De sa couchette, déjà, Vladimir avait entendu un bruit régulier et, quand il monta sur le pont, il n'eut qu'à baisser les yeux pour apercevoir Blinis, installé dans le youyou et occupé à racler la coque du yacht.

— *Mon petit joli bateau...*

C'était encore un de ses mots ! Il avait la religion de la peinture fraîche, des bois vernis, des cuivres étincelants. Malgré les pare-battage, il arrivait qu'une barque de pêche accostât brutalement l'*Elektra* et en écorchât la coque, invariablement au même endroit.

Invariablement aussi Blinis, des heures durant, grattait la peinture écaillée et effectuait un méticuleux raccord.

Il était déjà tard. Le soleil avait franchi le cap d'Antibes et l'eau miroitait, lisse, à peine soulevée encore par une houle qui rappelait la tempête précédente.

— Désiré est là ! annonça Blinis en levant la tête.

Ils vivaient trop ensemble, Vladimir et lui, pour se dire encore bonjour et bonsoir. Vladimir, tourné vers le quai, aperçut en effet la limousine bleue et, assis à une table de chez Polyte, le chauffeur en uniforme.

— Qu'est-ce qu'il veut ?

— Je ne sais pas... Il vient d'arriver...

Avant l'intrusion d'Hélène dans leur vie, Blinis et lui avaient l'habitude de se débarbouiller sur le pont, dans un seau de toile, mais, maintenant, ils n'osaient plus. Vladimir rentra dans le poste pour procéder à sa toilette.

— Il faut porter les accus à recharger ! lui cria Blinis sans quitter le youyou.

On les chargeait avec un petit moteur à essence, mais celui-ci était détraqué depuis une semaine. Il était donc nécessaire de porter en ville les accumulateurs qui fournissaient la lumière électrique au bateau.

Est-ce que Désiré aurait été envoyé par Jeanne parce que... ?

Vladimir retardait le moment de rejoindre le chauffeur, qui prenait l'apéritif en lisant le journal du matin. Il entendait de légers bruits de l'autre côté de la cloison : c'était Hélène ! Que faisait-elle ?

Enfin, il émergea sur le pont, regarda encore un moment Blinis et aperçut deux lignes qui pendaient du youyou. C'était une autre manie du Caucasien, qui s'obstinait à pêcher et qui triomphait quand, d'aventure, il attrapait un congre, voire un simple poulpe.

— Il faudrait une brouette pour emporter les accus ! dit-il.

L'autre ne broncha pas.

— Tu sais où trouver une brouette ?

Alors Blinis éclata.

— Il faudrait encore que ce soit moi qui aille chercher une brouette ? Qu'est-ce que tu fais, toi, alors ? Il y a déjà deux heures que je travaille ! Je fais la cuisine, le nettoyage... Je fais tout et toi...

— Tu ne veux pas aller chercher une brouette ?

Vladimir savait bien que Blinis se déciderait en grommelant. Dix fois par jour, c'était la même comédie et, tandis que le Caucasien s'éloignait le long de la jetée, il n'était pas difficile de constater qu'il continuait à parler tout seul.

Si on avait découvert la disparition de la bague...

Sans avoir rien à y faire, il descendit dans le salon. Le soleil pénétrait dans les hublots et rendait l'atmosphère capiteuse. Il fut un instant avant de voir Hélène, qui était assise dans l'ombre et qui écrivait une lettre. Quand il l'aperçut, elle levait la tête.

— Bonjour, Mademoiselle, dit-il en retirant sa casquette.

Elle se contenta d'un léger signe de tête et continua à le regarder. Il ne savait que faire. Rien ne l'appelait au salon. Elle semblait attendre patiemment son départ.

— Le chauffeur est arrivé, dit-il encore.

— Je sais.

— Ah ! Il avait une commission pour vous ?

— Non !

C'était le type de leurs entretiens. Elle était toujours calme. Son visage, d'ailleurs, à l'ovale allongé, à la peau mate, aux yeux sombres, était taillé pour le calme. Les clients de chez Polyte la trouvaient hautaine et méprisante parce qu'elle n'avait jamais mis les pieds au café et qu'elle ne parlait à personne.

— Vous ne voulez pas que je vous prépare le canot automobile ?

Car il arrivait à Hélène de se promener seule à l'île Sainte-Marguerite, ou de contourner la pointe d'Antibes.

— Merci.

— Vous n'avez pas besoin de moi ?

– Non !

Tout en le regardant elle suçait le bout de son porte-plume. À qui écrivait-elle ? Il eut, malgré lui, un regard vers le papier bleuté, mais il ne put rien lire à l'envers.

— Vous n'avez pas de commission à faire à votre mère ?

— Aucune.

Il soupira, jeta un dernier coup d'œil autour de lui, balbutia un vague au revoir et sortit. Sur la jetée, il rencontra Blinis qui arrivait poussant une brouette.

— Où vas-tu ?

Celui-ci s'indigna :

— Parler à Désiré...

— Et tu crois que je vais sortir les accus tout seul ?

— Je reviens à l'instant...

À midi, il n'était pas rentré. Et Blinis, ayant demandé un coup de main à Tony, le pêcheur, qui réparait ses filets dans sa barque, conduisait les accumulateurs au garage de Golfe-Juan.

— La patronne me demande ? avait murmuré Vladimir en s'asseyant à la terrasse, en face de Désiré.

— Elle s'est couchée hier avant minuit... Ce matin, elle est furieuse...

— Qu'est-ce qu'elle a dit ?

— Rien ! De venir vous chercher...

C'était le brillant, il n'y avait aucun doute !

— Lili, appela-t-il. Apporte-moi du vin blanc, des anchois et des olives...

46

— Vous ne voulez pas des oursins ? Le muet vient d'en apporter...

Le chauffeur attendait en parcourant son journal. Il avait le temps. Rien ne pouvait l'émouvoir.

— Tiens ! je prendrais bien des oursins, moi. C'est votre tournée ?

Deux ou trois pêcheurs, installés dans leurs barquettes, mettaient de l'ordre dans les filets qui n'avaient pas servi depuis huit jours. Plus loin, vers les rochers, une barque glissait lentement et un homme piquait un à un les oursins dans le fond de l'eau.

— Qu'est-ce qu'ils ont fait, hier au soir ? s'informa Vladimir.

— Je ne sais pas. Quand je suis rentré, la patronne était couchée. Les autres étaient en colère. Le comte parlait de partir ce matin...

— Il est parti ?

— Non ! Ce matin, une nouvelle scène a éclaté. La patronne a fait monter tout le monde chez elle, on l'entendait crier du fond du jardin...

Vladimir profitait des derniers moments de tranquillité et mangeait ses anchois avec autant de calme apparent que d'habitude.

— Elle n'a rien dit de spécial ?

— Je crois bien qu'elle a parlé de police...

Le chauffeur, lui, trempait des mouillettes de pain dans ses oursins, avalait de larges gorgées de vin blanc.

C'était le moment où Blinis, à bord, attendait qu'on vînt l'aider pour charger les accus sur la brouette. Un joli huit mètres, qui avait dû sortir le matin de Cannes, était accalminé en rade et ses voiles pendaient dans l'air figé.

— Vous venez ?

Dans l'ombre fraîche du café, Lili lavait les verres en observant les deux hommes, Vladimir surtout, chez qui on aurait en vain cherché des traces de l'ivresse de la veille.

— Si on me demande, je reviens tout de suite, cria Polyte à la jeune fille en se dirigeant vers le marché.

— Je vous suis ! soupira Vladimir en se levant et en se dirigeant vers la voiture bleue.

Il se retourna une dernière fois vers l'*Elektra*, aperçut le tricot rayé de bleu de Blinis.

— En route !

Il s'était assis devant, à côté de Désiré, qui fumait la cigarette et prenait les virages à la corde. Ils faillirent accrocher un autobus. Désiré ne broncha pas.

— Je crois que Pierre et sa femme ont pris quelque chose pour leur rhume...

— Ah !

Vladimir n'avait même pas entendu. Il avait laissé éteindre sa cigarette. Il se souvenait de la voix d'Hélène et il pensait soudain qu'elle ressemblait à la voix de sa mère, en moins rauque, évidemment.

— Vous croyez que, cette fois, c'est le beau temps ?

Vladimir le regarda avec étonnement. Il n'avait toujours pas compris. Il se demandait ce que son compagnon avait pu lui dire.

48

Mais le chauffeur ne s'en faisait pas pour si peu et se contenta de remarquer :

— Qu'est-ce que vous avez encore dû prendre comme cuite, hier au soir !

Aux *Mimosas* le vieux jardinier ratissait les allées et ramassait les brindilles que la bourrasque avait arrachées aux arbustes. Le parc était criblé de fleurs rouges et jaunes et partout s'étalait une mosaïque d'ombres et de lumière.

Vladimir sortait à peine de la voiture que quelqu'un se précipitait vers lui, tombait dans ses bras en sanglotant.

— C'est affreux !... Venez vite !... C'est une honte !... gémissait Edna en reniflant. Vous allez lui faire entendre raison, vous !...

Et la Suédoise l'entraînait vers le perron englué de soleil.

CHAPITRE III

Personne, le soir, n'aurait pu raconter par le menu les événements de la journée. Personne n'aurait voulu. Le drame fut fait de ces mots, de ces gestes, de ces attitudes dont on rougit plus que d'un crime.

La scène du salon, d'abord... Edna, exaspérée, entraînant Vladimir vers le perron... Et, ce qui dominait déjà, ce qui devait dominer toute la journée, c'était le soleil, le printemps, une rare qualité de l'air, quelque chose comme un coup de clairon dans le ciel et sur la terre, la renaissance soudaine des fleurs, des pelouses et de la mer...

Cela sentait Pâques et on s'attendait à voir dans les rues des premiers communiants et des premières communiantes.

— Elle m'a dit des choses épouvantables, Vladimir !...

Quelquefois, en apprenant la mort d'un être cher, une femme oublie un moment toute coquetterie, tout respect humain, pleure et grimace jusqu'au moment où elle se mouche, cherche une forme plus esthétique.

Edna ne pensait pas à l'esthétique, ni personne dans la maison.

— Elle m'a même traitée de putain..., haletait-elle en tordant son mouchoir entre ses doigts.

La porte du salon s'ouvrit. Le comte de Lamotte parut, ainsi que Jojo. Le jardinier, levé bien avant les autres et croyant à une journée normale, avait mis des arums dans les vases.

— Entrez, Vladimir ! articula Lamotte. Laissez-moi parler, Edna...

Il voulait être digne, tranchant. Il portait une fine moustache et, par malheur, ce matin-là, un des côtés pendait.

— J'ai deux témoins et, par conséquent, je peux engager les poursuites...

— Elle nous a reproché ce que nous avions mangé... Elle m'a même accusée d'avoir couché avec vous, Vladimir !... Dites-le devant mon fiancé... Est-ce vrai ?

L'accent était dramatique. C'était vrai, pourtant ! Pas tout à fait, mais à peu près. Un soir que tout le monde était ivre et qu'ils étaient étendus sur un divan, dans la pénombre...

— Je jure !...

— Je vous crois, Vladimir, fit nerveusement le comte. Mais vous admettrez qu'il me faille une réparation. Elle s'est enfermée dans cette pièce...

Il désignait la porte d'un boudoir qui servait de bureau. Élevant la voix, le comte poursuivait :

— Elle doit être en train d'écouter aux portes, selon son habitude, mais je tiens précisément à ce qu'elle m'entende...

Jojo ne disait rien, tripotait fébrilement son

mouchoir. Elle était en pyjama sous un manteau qu'elle avait jeté sur ses épaules et dont elle ramenait parfois les pans sur sa poitrine.

— Que s'est-il passé exactement ? prononça enfin Vladimir.

— C'est à peine si nous avons pu le savoir... Elle a fait irruption dans nos chambres comme une furie, en criant qu'on lui avait volé son brillant de cinq cent mille francs... Elle regardait sur nos toilettes, fouillait nos tiroirs...

— J'exige qu'on appelle le commissaire ! répétait le comte.

— Moi aussi !

— On fera une enquête...

La porte du petit salon s'entrouvrit soudain. Jeanne Papelier jeta un coup d'œil dans la pièce en murmurant :

— Vladimir est arrivé ?

Elle l'aperçut, entra, s'adressa à lui en russe.

— On m'a volé mon brillant, expliqua-t-elle. J'ai défendu à tout le monde de sortir. Est-ce que j'ai bien fait, Vladimir ? Alors, ils se sont mis à crier...

Elle regarda Edna dans les yeux.

— Qu'est-ce que j'ai trouvé dans ton tiroir, à toi ?

— Je ne l'avais pas pris..., balbutia Edna.

— Que tu dis, voleuse ! N'empêche que tu avais dans tes affaires mon briquet en or... Tu comptais me le rendre, peut-être ?... Et moi qui, la semaine dernière encore, te donnais la bague avec l'opale...

Edna regarda sa main, en arracha la bague qu'elle jeta par terre.

— Vous pouvez la reprendre ! Je n'en veux plus !

— Merci ! Tu l'as, tu la gardes !

Et Jeanne ramassait la bague, la posait sur la table devant la Suédoise.

— Tu entends ? Je ne la veux plus ! Je vais même te dire quelque chose : si je te l'ai donnée, c'est que l'opale porte malheur...

— Vladimir est d'avis qu'on doit appeler la police, interrompit le comte.

— C'est vrai, Vladimir ?

— Moi ? Je n'en ai pas parlé...

— Tu les vois, mes invités ? Ce matin, je m'éveille de bonne humeur et je me dis qu'on va passer la journée à bord à se rôtir au soleil... J'ouvre mon coffret à bijoux et je m'aperçois...

— Ce n'était peut-être pas la peine de nous soupçonner, soupira Jojo.

— Tais-toi, toi ! Tu n'as pas le droit de parler ! Si je voulais te mettre à la porte, il faudrait encore que je paie ton train...

Pas un visage n'avait une expression normale. Les regards s'évitaient. Vladimir remarqua qu'Edna, comme machinalement, reprenait l'opale, mais n'osait pas encore la glisser à son doigt.

— J'ai fouillé la chambre de Désiré et celle des autres domestiques. Est-ce que ce n'était pas mon droit de fouiller celle des invités ?

— D'autres personnes entrent dans la maison et en sortent, insinua Jojo en regardant par la fenêtre.

— Dans ma chambre ?

— C'est exact, confirma Vladimir. C'est pourquoi je tiens à ce que nos cabines, à bord, soient
visitées elles aussi...

Tout le monde jouait un rôle. Tout le monde exagérait son indignation ou son assurance, comme
Jeanne Papelier exagérait sa grossièreté.

— Des gens que je nourris, que j'entretiens !

— Vous ne nous nourrirez plus longtemps, fit
avec hauteur le comte de Lamotte.

— Ne fais pas le malin, toi ! Hier encore, tu
profitais de ce que j'étais saoule pour essayer de
m'embobeliner dans une affaire de cinéma...
Alors, Vladimir ?

Sa voix changeait quand elle s'adressait à lui.
Elle pouvait laisser reposer son indignation.

— Tu crois vraiment qu'on doit aller à bord ?

— Je tiens à ce qu'on ne puisse nous soupçonner, dit-il.

— Tu es venu avec la voiture ?

On apercevait l'auto devant le garage, luisant
dans un rectangle d'ombre.

Tout le monde s'y était entassé. Jeanne s'était
installée à côté de Désiré, comme pour éviter le
contact de ses invités. Il n'y avait pas de premiers
communiants dans les rues de Cannes, mais on
rencontrait des hommes en pantalon blanc, des
femmes en robe légère, des petites marchandes
de fleurs sautillant à tous les carrefours. Les cars

étaient bondés. Des gens étaient sortis de partout et flânaient le long de la mer sur laquelle voguaient cent petites voiles.

— Qu'est-ce que tu penses d'Edna, toi ? demandait Jeanne à Désiré qui conduisait.

— Je ne sais pas.

— Moi, je crois que c'est une malade. Il y a deux ans qu'elle est fiancée à Lamotte et je sais qu'ils ne couchent pas ensemble. J'ai dans l'idée qu'elle ne peut pas, qu'elle n'est pas tout à fait comme une autre. Il faudra que je demande à Vladimir... Il a dû essayer, lui, comme je le connais !

On tournait à droite, on longeait la mer, on découvrait l'*Elektra* à l'ancre dans le port minuscule.

À l'intérieur de la voiture, Vladimir subissait toujours des phrases indignées ou menaçantes. Il remarquait que l'opale avait repris sa place au doigt d'Edna et que Jojo, en passant une robe en hâte, avait oublié de l'agrafer.

Comme si elles s'étaient donné le mot, à cent mètres de la jetée, les deux femmes se poudrèrent !

Quant à Vladimir, il regardait fixement devant lui. Il aurait bien voulu entrer chez Polyte, ne fût-ce qu'un instant, pour avaler un grand verre d'alcool pur. Il n'osait pas. Il voyait Lili poser des vases de fleurs sur les tables de la terrasse, Lili qui était comme tous les jours, qui ne se doutait de rien, qui croyait sans doute que les gens de l'*Elektra* venaient à bord pour s'amuser.

On n'avait pas vu Hélène en descendant de voiture. Une fois sur le pont, seulement, on l'aperçut dans un fauteuil transatlantique d'où elle émergeait à peine et où elle lisait. Elle regarda sa mère et ses amis avec contrariété, presque avec crainte.

— Tu sais ce qui arrive ? lui lança Jeanne après lui avoir déposé au front un baiser dur et sec. On m'a volé mon brillant, le gros, celui de cinq cent mille francs !

Et, se penchant vers le pont, donnant un coup de pied dans une clef anglaise, elle chercha Blinis des yeux, gronda :

— Qu'est-ce que c'est cela ?

Des semaines durant, elle ne s'occupait ni du service, ni de l'ordre qui régnait dans sa villa ou à bord. Puis, soudain, elle voyait tout, butait sur le moindre détail.

— Blinis a dû s'en servir pour démonter les accus, expliqua Vladimir.

— Démonter les accus ?

— Oui. On les a portés à recharger.

— Et le petit moteur, que fait-il ?

— Il faut changer le vilebrequin...

Elle redevenait patronne jusqu'au bout des ongles. Elle regarda une dernière fois la clef anglaise avec l'air de dire qu'on réglerait cette question par la suite. Blinis, retourné dans le youyou, et toujours à gratter la coque, passa la tête par-dessus le bastingage. Il ne savait rien, lui ! Baigné de soleil, il souriait de toutes ses dents !

— Monte ! se contenta-t-elle de lui dire.

Des promeneurs allaient et venaient sur la jetée, s'arrêtaient devant le yacht qu'ils contemplaient avec des yeux vides de pensées. Un avion décrivait de grands cercles au-dessus du golfe.

— Alors, Vladimir ?

Jeanne lui laissait la direction des opérations. Hélène s'était levée et était descendue au salon avec son livre. Edna frappait nerveusement le pont de ses hauts talons et Lamotte allumait une cigarette, jetait l'allumette sur le pont, où Blinis la ramassait.

— On a volé une bague, lui expliqua Vladimir. J'ai proposé qu'on fouille nos affaires...

Blinis ne savait plus s'il devait sourire ou s'indigner. Le petit cortège se dirigeait vers l'avant, où l'écoutille était ouverte.

— Passe devant, dit Jeanne Papelier à Vladimir.

On ne pouvait tenir qu'à deux dans le poste. Elle y entra, non sans peine, et sa robe, en se soulevant tandis qu'elle descendait l'échelle, découvrit ses grosses jambes d'arthritique.

Vladimir ouvrait son sac, en retirait ses vêtements, ses menus objets, qu'il étalait sur sa couchette. Il ne possédait pas grand-chose : un complet de rechange, en drap bleu, une casquette blanche et quelques tricots, deux chemises, une cravate.

— Je vois... je vois..., murmurait-elle, excédée.

Et, au-dessus d'eux, les têtes des invités se penchaient.

— Blinis !... cria Vladimir.

Il sortit pour faire place à son camarade.

— Étale tous tes effets...

Il ne le regarda pas. Sur le pont, il se tourna vers la côte, vers le bistro de Polyte, où l'adjoint venait de s'asseoir à la terrasse et lisait le courrier que lui apportait le facteur.

Cela dura peut-être une minute. Peut-être deux ? Puis un cri de rage, une forme quasi animale qui bondissait par l'écoutille, le visage convulsé de Blinis, ses poings serrés.

— Qui a fait ça ?... Qui a fait ça ?... hurla-t-il.

Il les regardait tous l'un après l'autre. Il cherchait Vladimir, resté à l'arrière-plan.

— Vladimir !... Qui a fait ça ?...

Et, d'un geste brusque, il déchira son tricot, découvrant sa poitrine nue. Puis il pleura, sans cesser de crier. Il claquait des dents. On aurait pu croire qu'il devenait fou. Jeanne Papelier paraissait, la bague à la main.

— Ne faites pas de scandale, murmura-t-elle, l'air ennuyé. Vladimir ! Empêche-le de faire du scandale...

Il y avait toujours des gens sur la jetée, dans le soleil. Un monsieur coiffé d'un panama pêchait à la ligne.

— Je jure !... Je jure !... haletait Blinis, en regardant autour de lui comme une bête traquée.

— C'est bon... Tais-toi...

Mais il ne voulait pas de cette pitié de Jeanne Papelier.

— Vladimir !... Je veux savoir !... Qui a fait ça ?...

Il y avait une ombre de soupçon dans son regard, mais il n'osait pas lui laisser prendre corps. Edna en profitait pour déclarer à Jeanne :

— Vous voyez ! Est-ce que je suis encore une putain ?

— Tais-toi, imbécile !...

— N'empêche que vous l'avez dit...

Une autre silhouette surgit sur le pont. Hélène demanda, paisible :

— Que se passe-t-il ?

— Rien... Ne t'occupe pas... On a retrouvé ma bague dans les affaires de Blinis...

Le plus dur n'était pas passé. Blinis, soudain, s'élança vers Vladimir comme pour l'assaillir. Il lui saisissait son tricot à pleines mains.

— Qui est-ce ?... criait-il en même temps. Dis !... Qui est-ce ?... Qui a fait ça ?...

Vladimir resta calme, d'un calme terrible, affreux. Il était plus fort que son camarade. Il lui prit les deux poignets et, lentement, le força à lâcher prise.

— Calme-toi..., murmurait-il. Allons ! calme-toi...

Et, tout doucement, il obligeait l'autre à l'immobilité, puis le repoussait d'une secousse.

— Assez d'histoires, Blinis ! prononça Jeanne Papelier avec un regard furtif aux gens du quai.

Mais non ! Il piquait maintenant une crise de nerfs, se roulait par terre, criait, semblait vouloir mordre le pont.

— Qui a fait ça ? Qui a fait ça ?...

Hélène parlait à mi-voix à sa mère.

— Tu es sûre que c'est lui ?

— Le brillant était dans son coffret...

— Il a pu pénétrer dans ta chambre ?

Elle rassembla ses souvenirs.

— Attends !... Hier, il n'est pas venu... Et samedi ?... Qu'est-ce que nous avons fait samedi ?... Oui ! Je l'ai envoyé dans ma chambre pour...

Blinis n'en pouvait plus. Étalé sur le pont de tout son long, les nerfs enfin distendus, il pleurait doucement, avec des sursauts du torse.

— Vladimir !...

Elle fouillait dans son sac, y prenait un billet de mille francs tout fripé.

— Tu régleras son compte... Qu'il s'en aille...

Comment Vladimir arriva-t-il à parler ?

— Il vaudrait mieux que ce soit vous...

Mais non ! Jeanne Papelier ne voulait pas, elle non plus, se charger de l'opération. Elle cherchait autour d'elle. Elle avisa sa fille.

— Tiens ! Tu le lui donneras, toi... Qu'il s'en aille...

Et elle se précipita sur la passerelle. Les autres la suivirent, y compris Vladimir. Blinis se redressait à demi et les regardait partir en serrant les dents.

— Vladimir !... appela-t-il.

Vladimir ne se retourna pas et ce fut Hélène qui s'approcha du Caucasien et murmura :

— Restez tranquille ! Assez de comédie !

Jeanne ne s'occupait pas de savoir si elle était suivie ou non. Elle marchait vite, en butant, car elle avait de mauvais pieds. Elle passa près de Désiré qui tenait la portière ouverte et s'engouffra chez Polyte. Elle avait soif. Elle avait besoin de se calmer.

— Donne-moi vite quelque chose à boire, petite !

— Qu'est-ce que vous désirez ?

— De l'alcool... N'importe quoi...

Les autres, sauf Vladimir, restaient sur la terrasse. Tandis que Lili servait, avec un petit sourire en coin pour le Russe, il y eut une nouvelle alerte. Jeanne regarda ses mains, parut chercher quelque chose.

— Qu'est-ce que j'en ai fait ? s'écria-t-elle, déjà soupçonneuse.

— De quoi ?

— De mon sac...

Elle sortit, regarda sur la table autour de laquelle ses amis s'étaient installés.

— Personne n'a vu mon sac ?

Ce fut Edna qui l'aperçut de loin aux mains de Désiré, à qui Jeanne l'avait remis en passant.

— J'ai eu peur..., balbutia-t-elle en rougissant.

Puis, tout bas, en buvant :

— Qu'est-ce que tu en penses, Vladimir ?

Il ne répondit pas.

— Tu es triste ?... Je ne peux pourtant pas le garder !... Qu'est-ce que tu ferais à ma place ?

Il détourna la tête. Il y avait des larmes dans ses yeux. Il serrait les dents.

— Il doit déjà être bien heureux que je ne porte pas plainte...

— À boire, Lili !

Il but, il but, comme le samedi, quand il s'était enivré tout seul. Dès qu'il se retournait, il apercevait le yacht blanc et deux silhouettes sur le pont, Hélène debout, Blinis assis sur le roof.

Elle lui parlait. Qu'est-ce qu'elle pouvait lui dire ?

— Tu bois trop... Viens !... décida Jeanne.

Puis elle se tourna pour lancer à Lili :

— Inscrivez à mon compte...

Elle avait des comptes partout.

Edna et Lamotte avaient d'abord déclaré qu'ils ne resteraient pas une heure de plus dans la villa et surtout ils s'étaient indignés à l'idée de manger encore à la même table que Jeanne Papelier.

À une heure, pourtant, comme ils n'étaient pas prêts, ils descendirent et mangèrent malgré tout.

— Vous êtes toujours décidés à partir ?

— Toujours !

— Tant pis ! Vous êtes des idiots !

Sans doute le pensaient-ils aussi. Maintenant que c'était passé, ils auraient bien voulu rester, mais ce n'était plus possible. Ou alors, il aurait fallu que Jeanne les aidât davantage. Mais non ! Elle pensait à autre chose.

— Cela me rappelle une histoire que j'ai lue quand j'étais petite..., dit-elle comme pour elle-même. Il s'agissait d'un jeune Arabe, très noble,

Ali, que ses parents avaient mis au collège avec des Européens... Un jour, voyant la montre d'un camarade, il crut que cela vivait, que cela respirait et il ne put s'empêcher de la voler...

Vladimir mangeait sans s'en rendre compte.

— Blinis doit être comme ça... Un brillant, ça vit aussi.

Puis, passant d'un sujet à un autre, elle demanda à Edna, oubliant ses rancunes :

— Où vas-tu passer les fêtes de Pâques ?

— Je ne sais pas encore.

Le comte éprouva le besoin de dire :

— Nous avons des invitations de différents côtés.

Ils partirent tout de suite après le repas. Désiré les conduisit à la gare. Jojo restait dans son fauteuil à boire son café d'un air lugubre.

Elle n'avait plus parlé de partir, elle ! Elle se faisait toute petite, comme si elle craignait qu'on y pensât pour elle.

Elle n'était pas laide, mais pas belle non plus : une petite femme quelconque, d'une trentaine d'années. Son ex-mari lui versait une pension de cinq mille francs par mois, ce qui était insuffisant pour le train de vie auquel elle était habituée. Alors, elle vivait deux mois ici et deux mois là, chez des amis, à Deauville ou à Nice, à l'automne dans quelque château.

— Tu m'en veux, Vladimir, questionna soudain Jeanne.

Il tressaillit, demanda pourquoi.

— À cause de ton ami... Si tu l'exiges, je le garderai...

Vladimir la regarda avec des prunelles égarées, et brusquement, il sortit, se précipita vers le fond du jardin, disparut derrière les arbustes.

— Si on allait dormir une heure ? proposa alors Jeanne.

— Je ne pourrais pas dormir... Je vais en profiter pour faire ma correspondance...

Jojo écrivait de nombreuses lettres à tous ses amis. Elle pouvait rester des après-midi entiers devant un secrétaire, à noircir de grandes pages de son écriture pointue.

— Comme tu voudras !

Jeanne, elle, alla dormir. Elle avait placé le brillant sur la table de chevet, à côté d'une bouteille d'eau minérale.

Quand elle s'éveilla, le jour tombait. Elle sonna sa femme de chambre, une Alsacienne placide, que rien ne démontait.

— Quelle heure est-il ?

— Sept heures.

— Tu n'as pas vu Vladimir ?

— Il est à la cuisine depuis un moment... Il s'était endormi sur la pelouse...

— Il a bu ?

— Il commence.

— Donne-moi un peignoir...

Elle n'avait pas le courage de se rhabiller. Elle se contenta d'un coup de peigne dans ses cheveux qui étaient presque blancs à la racine et qui, en s'écartant, laissaient voir le cuir chevelu.

— Rappelle-moi demain que je dépose ma bague à la banque.

Elle descendit, vaseuse, dut allumer elle-même les lampes, car la pénombre envahissait les pièces. Elle se heurta, en entrant au salon, à Jojo qui était debout.

— Que faisais-tu là ?

Elles avaient eu peur toutes les deux ! Elles se regardaient avec méfiance.

— J'allais donner mes lettres à Désiré pour qu'il les poste...

— Il n'est venu personne ?

Elle traversa l'office, pénétra dans la cuisine. Toute blanche, elle était violemment éclairée et Vladimir était assis sur la table, un verre à portée de la main.

— Bonsoir, les enfants !...

La cuisinière confectionnait une tarte. Le maître d'hôtel, un tablier passé sur son gilet, astiquait l'argenterie.

— Tu viens, Vladimir ?

Il avait déjà ses paupières bouffies, son regard mouillé. Tout en se dirigeant vers le salon, elle lui demandait, maternelle :

— Tu veux qu'on sorte, pour te changer les idées ?

— Non !

— Qu'est-ce que tu veux faire ?

— Rien !

Il avait peur, s'il sortait, de rencontrer Blinis. Il l'imaginait sur le quai de la gare, attendant un train pour n'importe où.

— Je te prépare un cocktail ?

Il y avait un petit bar dans le salon. Jojo, intimidée, se tenait dans le boudoir d'à côté. Les tapis étaient usés, les tentures fanées, les meubles sans personnalité.

— Je ne t'ai jamais vu aussi malheureux...

— Je veux boire, dit-il d'une voix rauque.

Et il but. Elle but aussi. On appela Jojo, pour faire marcher le phonographe, mais, comme on jouait un disque russe, Vladimir se leva et arrêta l'appareil si brusquement qu'il dut le détraquer. En tout cas, on entendit un drôle de bruit à l'intérieur.

— Tu penses toujours à Blinis ? Moi, je pense aux deux autres, qui doivent être en train de se disputer dans le train. Ça leur apprendra à faire les malins !... Saloperie, va !

— Saloperie..., répéta Vladimir.

Il était saoul, mais il était difficile de voir quand il avait dépassé la mesure, car il gardait toujours une certaine dignité.

Autour d'eux la maison donnait une impression de vide et de grisaille.

— Qu'est-ce que tu veux manger, ce soir ?

— Rien !

— Écoute, Vladimir...

— Je dis rien, nom de Dieu ! Est-ce qu'on va continuer à m'ennuyer ?

— Qu'est-ce que tu as ? Je ne t'ai jamais vu comme ça...

— Ce que j'ai ?... Ce que j'ai ?...

Et, soudain, il lança la bouteille de gin par terre, où elle se brisa.

66

— Blinis n'a pas volé le brillant ! gronda-t-il alors en redevenant immobile.

— Que dis-tu ?

— Je dis... je dis...

Faute de gin, il but du vermouth, à même la bouteille.

— Je dis que je suis une canaille... Je voulais que Blinis s'en aille... C'est moi qui ai mis la bague...

— Oh !... fit simplement Jojo qui n'avait rien dit jusque-là.

— Tu es sûr ? questionna Jeanne en se levant.

— J'étais jaloux...

— À cause de moi ?

— À cause de tout... Personne ne peut comprendre... Maintenant, il doit être à la gare...

Pourquoi le voyait-il toujours sur un banc, à côté de son balluchon, à attendre un train ?

— Qu'est-ce qu'il faut faire ?

— Est-ce que je sais, moi ?

— Écoute, Vladimir... Si je lui faisais porter par Désiré une petite somme ?...

Il haussa les épaules.

— Tu veux que je lui fasse dire de revenir ?

Il la regarda, tragique, puis haussa les épaules encore.

— Parle !... Je ne veux pas te voir ainsi... Tu me fais peur !...

— Voulez-vous que j'y aille, proposa Jojo.

— C'est cela !... Vas-y !... Je vais te donner de l'argent... Tu lui diras... tu lui diras...

— Il ne refusera certainement pas ! affirma Jojo.

Deux minutes plus tard, elle prenait la voiture et emportait dix mille francs dans son sac. Jeanne était venue s'asseoir près de Vladimir, sur le canapé.

— Maintenant, dis-moi la vérité... Pourquoi étais-tu jaloux ?

— Pour rien !

— Avoue que ce n'est pas à cause de moi !

— Laisse-moi tranquille...

— Je te connais comme si je t'avais fait, vois-tu ! Tu as tourné autour de ma fille, avoue-le...

— Non !

— Crapule !...

Elle lui disait cela avec plus de tendresse que de colère.

— Je ne peux pas t'en vouloir puisque, ce que tu es capable de faire, je suis capable de le faire aussi. Tu as vu Edna, ce matin ?...

Elle rit nerveusement.

— Elle m'avait chipé mon briquet... Il y a longtemps qu'elle en avait envie... J'ai trouvé autre chose chez Jojo, mais je n'ai rien dit...

— Quoi ?

— Qu'est-ce que ça peut te faire ?... Je ne lui dirai quand même rien... Elle est bête !... Elle est capable de garder cinq mille francs pour elle et de prétendre qu'elle a tout donné à Blinis !... Je croyais que c'était ton ami...

Un silence. Elle but une gorgée.

— Mais tu es bien comme moi !... Est-ce que j'ai des amis, dis ?

Elle s'attendrissait ; elle supportait de fortes

doses d'alcool, mais, dès les premiers verres, elle devenait pleurnicharde.

— Peut-être as-tu eu raison... Il s'entendait trop bien avec ma fille...

Puis elle réfléchissait. Sans doute se souvenait-elle de la scène du pont.

— Tu es un beau voyou quand même !... Tu es si malheureux que ça, dis ?...

Elle se moucha. Ils restèrent un moment sans rien dire. Puis, entendant le bruit de la voiture, Vladimir se leva d'une détente. Il s'énerva, car Jojo mettait tout un temps à rentrer.

— Eh bien ?...

— Il est parti...

— Où ?...

— Hélène n'en sait rien... Il a pris le train cet après-midi...

— Quel train ?

— Elle ne sait pas non plus. Voici l'argent.

— Mets-le là... Que fait ma fille ?

— Elle ne fait rien. Elle allait quitter le bord pour aller dîner chez Polyte...

Vladimir questionna âprement :

— Vous lui avez dit ?

— Non ! Non ! protesta Jojo, le sentant prêt à la colère.

Et il vint la regarder dans les yeux pour s'assurer qu'elle ne mentait pas.

— Si on dînait ? proposa Jeanne dans un bâillement. Il me semble que j'ai vu faire de la tarte...

CHAPITRE IV

C'était Pâques. Dès six heures du matin, dans un soleil en fanfare, des autos amenaient de Toulon et de Marseille des pêcheurs à la ligne qui cassaient la croûte à la terrasse de chez Polyte et qui allaient ensuite prendre possession des moindres rochers du cap d'Antibes. Ils traînaient derrière eux des femmes et des enfants en chapeau de paille. Les cloches sonnaient. Toutes les barquettes, les canots, les « plates », les voiliers de quelques mètres, grands comme des jouets, qui restent presque toute l'année sans maître dans le port, en avaient trouvé un ou plusieurs. On faisait pétarader les moteurs. On hissait de la toile dans l'air figé. Le ciel et la mer étaient de la même matière lumineuse et deux avions, Dieu sait pourquoi, tournaient sans fin, vrombissaient au ras de l'eau, tournaient encore au-dessus du golfe.

Renfrogné dans son coin, Vladimir, comme chaque matin, mangeait ses anchois, ses olives, buvait du vin rosé tandis que Polyte s'affairait et que Lili l'observait à la dérobée. Elle portait à son ordinaire une robe noire, un tablier blanc. Vladimir remarqua ce matin-là que, pour la première fois de la saison, elle n'avait pas mis de bas. Peut-être s'aperçut-il qu'elle avait la peau des jambes très lisse, d'un grain fin et poli ?

Mais ce fut tout. Il regardait déjà ailleurs. Lili avait dix-sept ou dix-huit ans, un drôle de visage, un corps provocant. Tous les clients la lutinaient. Elle soupirait vers Vladimir et seul il ne semblait pas s'apercevoir qu'elle était femme.

Une famille marseillaise avait envahi la table voisine de la sienne. Il contempla d'abord, comme des phénomènes, la femme énorme, vêtue de soie rose, le mari que, sans raison, il supposa être plombier-zingueur, le beau-frère, les gamins, et, comme s'il n'y pouvait tenir davantage, il se leva sans rien dire, se dirigea vers son bateau de sa démarche nonchalante.

Les cloches sonnaient toujours. La calotte bleue du ciel devenait elle-même une cloche sous laquelle bourdonnaient, lancinants, les deux avions. Vladimir, en passant, vit qu'Hélène était levée et qu'elle préparait son café sur le réchaud installé sur la table du salon. Elle était déjà correctement vêtue. Bien qu'elle vécût à bord, il ne l'avait jamais aperçue en peignoir ou en négligé.

Elle ne leva pas les yeux vers lui. Vladimir fit deux ou trois fois le tour du pont. L'avant était chaud de soleil. Un coussin de kapok traînait.

Alors Vladimir tourna un moment sur lui-même, comme un chien qui cherche la bonne pose, s'étendit sur les planches de teck, les genoux repliés, la main sous sa joue, et ferma les yeux.

Il ne bougea, un instant plus tard, que pour amener sur son visage le bonnet de marin américain qui, dès lors, tamisa le soleil.

Il ne dormait pas. Il ne pensait pas. Il restait vaguement attentif à ce qui se passait autour de lui, aux voix des pêcheurs du dimanche qui s'embarquaient dans les canots, aux autocars, venus de partout, voire de Lyon et de Paris, qui s'arrêtaient un instant devant chez Polyte.

Il n'y avait rien de changé ! Et c'est précisément ce qui provoquait son malaise. Depuis le fameux jour, il était inquiet, d'une inquiétude trouble et maladive. Il ne se sentait bien nulle part et il avait pris l'habitude de s'étendre ainsi sur le pont, de s'entourer d'un halo de soleil, de feutrer ses pensées d'une somnolence qui, petit à petit, l'imprégnait de rêverie.

Nul n'avait bronché ! N'était-ce pas incompréhensible ? Il se souvenait d'être rentré à bord, le premier soir, et d'avoir été en proie à des sensations quasi voluptueuses. Hélène dormait ! Elle était là, dans l'ombre, derrière le hublot ouvert. Sans doute l'avait-elle entendu franchir la passerelle. Et elle savait qu'elle était seule avec lui sur le bateau !

Seul, de son côté, dans le poste, il s'était endormi très tard et, le matin, il était debout avant l'aube, attendant le premier contact avec la jeune fille.

Il avait, ce matin-là, un air sentimental, presque romantique. Ce n'était pas une comédie. Des sentiments imprécis l'agitaient. Il avait des pensées naïves, comme il en avait cultivé à dix-sept ans.

Ils étaient seuls à bord ! Pour ainsi dire seuls dans la vie ! C'est lui qui allait remplacer Blinis, lui qui, tout à l'heure, préparerait le café d'Hélène, jouerait aux cartes avec elle, l'installerait dans le canot automobile...

Il percevait les moindres bruits du bateau et ainsi l'avait-il littéralement entendue s'éveiller, s'habiller... Quand elle fut prête, il l'attendait au salon avec le petit déjeuner.

— Bonjour !

Elle mangea sans le regarder. Comme il restait debout, elle remarqua :

— Que faites-vous là ?

Était-il possible qu'il n'y eût rien d'autre ? N'avait-elle pas besoin de le questionner, de lui demander si Blinis avait vraiment volé la bague, d'exhaler sa rancœur, n'importe quoi, enfin ?

Elle était pâle. Mais elle était toujours pâle, toujours calme !

— Vous ne prenez pas le canot ?

— Merci.

— Vous n'avez pas besoin de moi ?

— Non !

Chez Polyte, il n'y avait rien de changé non plus. Ou plutôt si ! Polyte, qui ne perdait pas une occasion de faire une affaire, vint s'asseoir près de lui tandis qu'il déjeunait.

— C'est vrai que Blinis ne doit plus revenir ? Dans ce cas, j'ai un beau-frère, qui a navigué pendant cinq ans comme steward. Pour le moment, il est à Bordeaux, mais je pourrais le faire venir. Il cuisine très bien...

— Laisse ton beau-frère tranquille, interrompit l'adjoint. Tony a trouvé une combinaison...

Déjà ! Des combinaisons, les clients de chez Polyte en avaient déjà trouvé cinq ou six et on se disputait la succession de Blinis. L'adjoint, qui avait pris Tony sous sa protection, plaidait pour lui. Il vint s'asseoir à la table de Vladimir, en apportant son verre.

— Tant que vous ne naviguez pas, ce n'est pas la peine d'avoir un homme de plus à bord. Tony ne pêche que la nuit. Il a le muet avec lui. À eux deux, ils pourraient se charger d'entretenir le yacht...

— Et la cuisine ? protesta Polyte. C'est Tony qui fera la cuisine ?

Voilà à quoi cela se réduisait ! Il en fut de même avec Jeanne Papelier qui arriva en auto vers onze heures, en compagnie de Jojo, car elle n'avait plus qu'elle. On commanda le déjeuner chez Polyte. Pendant que Vladimir et Jojo restaient sur le pont, Jeanne descendit parler à sa fille et longtemps on les entendit chuchoter.

Puis Vladimir fut appelé. La mère et la fille étaient assises de chaque côté de la table.

— Écoutez, Vladimir...

Devant Hélène, Jeanne Papelier tutoyait rarement le Russe.

— ... Elle ne veut rien entendre pour venir vivre à la maison... Elle ne veut pas non plus que j'engage quelqu'un pour faire la cuisine à bord...

Jeanne était dans ses bons jours. Elle n'avait

pas bu. Sans doute avait-elle bien dormi. À ces moments-là, elle montrait la netteté d'une femme d'affaires.

— Tant pis pour elle ! Seulement, il faut quand même entretenir l'*Elektra*...

On discuta. On décida en fin de compte que le pêcheur Tony, moyennant mille francs par mois, se chargerait de l'entretien et du nettoyage et que Vladimir irait prendre ses repas, soit à la villa, soit chez Polyte, selon les jours.

On ne parla pas de Blinis. Jeanne l'avait déjà oublié. Pour se distraire, elle allait à une vente de bijoux qui avait lieu à Monte-Carlo et, après le déjeuner, la voiture l'emporta avec Jojo.

Maintenant, Hélène était installée sur le pont, tout à l'arrière, dans un fauteuil transatlantique, et elle lisait, sans voir Vladimir que le roof lui cachait. Les curieux commençaient à envahir la jetée. Des gens contemplaient le yacht avec envie, émettaient des réflexions stupides.

Vladimir ne savait même pas quelle vie la jeune fille avait menée jusque-là. Tout au plus avait-il compris qu'elle était née du premier mariage de Jeanne Papelier. Mais était-ce du mariage avec celui qui était devenu ministre ?

Probablement non ! Il y avait eu un mariage précédent, un mariage plus obscur, dont elle ne parlait jamais.

Était-il possible d'être plus intimes que Jeanne et Vladimir ? Presque chaque jour ils se saoulaient ensemble. Deux ou trois fois par semaine ils dormaient dans le même lit. Jeanne ne se donnait pas la peine de cacher au Russe la teinture de ses cheveux et il lui arrivait d'être malade devant lui.

Chacun connaissait les moindres vices de l'autre, et ils mettaient en commun toutes leurs petites lâchetés.

N'empêche que Vladimir n'aurait pas osé demander :

— Pourquoi Hélène est-elle venue soudain vivre avec vous ?

Et Jeanne n'en parlait pas non plus ! Il y avait ainsi des zones réservées dans leur vie.

Jeanne Papelier, de son côté, n'avait pas osé scruter les raisons pour lesquelles Vladimir avait sacrifié son ami. Il y avait six jours de cela et elle n'en avait pas parlé une seule fois. C'était fini. C'était un fait acquis. Blinis était supprimé. C'est tout juste si, le lundi, Vladimir avait demandé en rougissant :

— Vous avez dit la vérité à Hélène ?

Elle avait répliqué :

— Pour qui me prends-tu ?

Le soleil perçait la toile de son bonnet blanc. Il en sentait la cuisson sur ses paupières. Son corps s'engourdissait et la dureté du pont sur lequel il était couché finissait par lui procurer une sensation voluptueuse.

Hélène lisait, à quelques mètres de lui... C'était

toujours Pâques dans le ciel et sur la terre... Jusqu'aux bruits qui étaient des bruits de fête et non des bruits de tous les jours...

Comment aurait-il pu exprimer ce qu'il ressentait ? C'était à la fois exaltant et désespérant... Elle était là... Il était là... Il connaissait le livre qu'elle lisait, un roman dont l'action se déroulait en Malaisie... De temps en temps, elle tournait la page et il en arrivait à guetter le crissement du papier...

Ce serait si simple. Et pourtant impossible. Pourquoi est-ce que ce qui avait réussi avec Blinis ne réussirait pas avec lui ? Pourquoi, jamais, ne lui avait-elle souri ? Jamais elle ne s'était ouverte. Elle était devant lui comme un mur.

... Ils seraient assis ensemble dans le salon, par exemple, avec les cartes étalées sur la table, un rayon de soleil entrant par le hublot et, comme musique, le subtil clapotis de l'eau contre la coque...

Ils oublieraient Jeanne Papelier, ses amis, les *Mimosas* et le reste...

Alors, Vladimir parlerait, lui aussi, de son enfance, comme Blinis. Pas comme lui, peut-être ! Pas avec la même légèreté ! Pas en riant ! Pas en mentant !

Car Blinis mentait, tandis que Vladimir dirait la vérité. Il dirait qu'à trente-huit ans, il n'était qu'un pauvre petit garçon, comme elle, Hélène, était une petite fille...

Une petite fille malheureuse, sans doute, à cause de sa mère...

Mais lui ? Est-ce que c'était sa faute s'il en était

là ? Il lui expliquerait que sa vie s'était arrêtée d'un seul coup, alors qu'il avait dix-sept ans.

Trois mois seulement il avait vécu une aventure extraordinaire, tellement extraordinaire que le souvenir qu'il en gardait ressemblait à un cauchemar : il s'était battu, avec l'armée de Denikine. Il avait tiré. Il avait tué. Il avait entendu des balles siffler autour de lui et surtout, ce qu'il se rappelait davantage, il avait eu faim.

Puis, tout de suite après, la fuite à Constantinople, en troupeau, avec des tas d'autres, les hangars où on les abritait, les œuvres qui se formaient pour leur donner à manger...

Il était devenu garçon de café. Il n'avait pas de nouvelles de son père ni de sa mère. C'est là qu'il avait rencontré Blinis, qui, dans le même restaurant, épluchait les légumes à la cuisine...

— Vous comprenez, Hélène ?

Hélène lisait, à l'autre bout du pont, Hélène qui le méprisait, sans doute parce qu'il était à la fois l'amant et le domestique de sa mère.

Mais pourquoi ne méprisait-elle pas Blinis ? N'était-il pas domestique aussi ? Et le reste !... Eh ! oui, c'était arrivé plusieurs fois. La première fois, ils s'étaient même battus, parce que Vladimir croyait que le Caucasien voulait le supplanter !

Le muet montrait sa tête par-dessus le bastingage, car il était arrivé en canot. Par gestes, il demandait si on n'avait besoin de rien et Vladimir, déplaçant un moment son béret, secouait négativement la tête.

Elle n'avait qu'à rester où elle était avant. Où était-elle, au fait ? Sans doute dans une petite ville de province ? Peut-être au couvent ? Avec un papa qui venait la voir tous les dimanches, et lui apporter des douceurs ?...

Ce devait être cela. En tout cas, elle n'avait jamais vécu.

Elle n'avait jamais vu un homme ivre et encore moins une femme ! C'est pourquoi elle se raidissait, pâlissait, devenait, à bord, comme un reproche vivant.

N'était-on pas tous tranquilles avant son arrivée ? On traînait les heures les unes après les autres sans presque les sentir. Il y avait toujours du monde, de la musique. On buvait.

Et c'était encore une joie, le soir, quand on était ivre, de libérer ses rancœurs.

Oui, elle n'avait qu'à retourner là d'où elle venait ! Ne pas être là tout le temps, calme et propre !

Ou alors, tout au moins, ne pas faire de différence entre un Blinis et un Vladimir !

Mais non ! Parce que Blinis avait un rire d'enfant, parce qu'il avait des yeux doux de créole, parce qu'il balbutiait le français avec un accent étrange, elle s'attendrissait et ils formaient aussitôt un clan à part, comme la petite table des enfants dans une réunion de famille.

Pourquoi s'attendrir sur Blinis et mépriser Vladimir ? Parce que Blinis ne buvait pas ?

Mais, justement, c'est parce que Vladimir buvait qu'elle aurait dû s'intéresser à lui. D'abord, si Blinis ne buvait pas, c'est que cela le rendait malade. Ensuite, *il n'avait pas besoin de boire.*

Cela lui était égal, à lui, de gratter la coque d'un bateau et de faire la cuisine. Pas seulement égal. Cela lui faisait plaisir et, quand il parlait de ses parents, du Caucase, avec une nostalgie calculée de comédien, c'était encore pour lui un plaisir.

Blinis était un comédien, c'était le mot. Il mentait ! Il mentait comme il respirait. Il racontait des histoires pour les autres et pour lui-même. Il n'avait jamais été prince. La Révolution n'eût-elle pas eu lieu qu'il ne serait jamais devenu officier de marine, car il n'avait pas fait son gymnase.

Il n'était pas noble ! Vladimir ne l'avait jamais dit, mais c'était la vérité. C'était un *koulak*, un fils de paysans riches et, nulle part, il n'aurait pu être si heureux qu'à bord du yacht de Jeanne Papelier.

Il était tendre, bien sûr ! Quand il parlait aux femmes, il roulait ses grands yeux de gazelle. Mais il savait aussi, au moment même où il faisait ainsi du sentiment, adresser un clin d'œil à Vladimir.

— *Le comme-ci et le comme-ça...*

Il le faisait exprès, parce que cela amusait, que cela attendrissait ! Il pleurait aussi facilement qu'il riait, quand il le voulait, par exemple, quand le phono jouait un disque de son pays.

Vladimir, lui, buvait. Il buvait parce qu'il était vraiment ému, vraiment malheureux.

Est-ce qu'Hélène n'aurait pas pu comprendre ?

Et, s'il était l'amant de Jeanne, c'était moins par intérêt, par crainte de la misère, que parce que avec elle quand ils étaient ivres, ils pouvaient remuer tout le noir qu'ils avaient l'un et l'autre au fond du cœur.

Mais si Hélène avait voulu... Si seulement elle l'avait regardé avec indulgence, comme elle regardait Blinis !...

Il l'aimait davantage et mieux que le Caucasien. La preuve, c'est que lui ne serait pas parti, même si on l'avait accusé d'avoir cambriolé dix coffres-forts !

La preuve encore c'est qu'il se contentait, maintenant, d'être couché sur le pont, à quelques mètres d'elle, ne voyant qu'un bout de sa robe !

Il guettait le moment où, sur le coup de onze heures, elle allait se lever. Elle n'avait pas accepté de prendre ses repas chez Polyte. Chaque matin, elle s'en allait à Golfe-Juan, comme Blinis le faisait, avec le même filet à provisions. Elle entrait chez le boucher, chez le légumier, achetait des choses faciles à préparer et faisait ensuite la dînette, toute seule, dans le petit salon du yacht.

Vladimir suivait ses allées et venues, la regardait marcher le long de la jetée, floue d'abord dans le soleil, puis se précisant à mesure qu'elle se rapprochait. Elle avait toujours une hésitation pour franchir l'étroite passerelle, car elle n'avait pas le pied marin.

Puis il reconnaissait les aliments à l'odeur qui lui parvenait. Il lui demandait, par principe, si elle n'avait pas besoin de lui, mais elle se contentait d'une sèche réponse négative.

Comment pouvait-elle le mépriser ? Tout le monde sentait qu'il était plus malheureux que jamais, et elle était seule à ne pas s'en apercevoir ! Il s'installait chez Polyte, mangeait sans dire un mot et Lili aurait fait n'importe quoi pour le consoler.

L'adjoint, Tony, tous les autres le respectaient, eux qui avaient l'habitude de ne rien respecter, parce qu'ils devinaient un mystère qui les dépassait. Jamais personne ne se serait permis de rire quand il était ivre et que, par exemple, il ne trouvait pas la clenche de la porte.

Il n'y avait qu'elle ! Avec son air tranquille, son teint mat, son regard lointain ! Elle qui, pourtant, passait des heures à écouter Blinis, à s'amuser de la comédie qu'il jouait comme on respire !

— *Le comme-ci et le comme-ça...*

Les paupières de Vladimir picotaient. Mais il n'était pas Blinis. Il n'allait pas pleurer ! Il préférait allumer une cigarette et, couché sur le dos, le visage tourné vers le ciel, la fumer en regardant un petit nuage blanc perdu dans l'infini.

À Constantinople...

... Son souvenir commençait par une odeur d'agneau grillé. Ils étaient pauvres, Blinis et lui. Ils avaient loué une chambre pour deux. Leur travail fini, ils y rentraient, et Blinis s'arrangeait pour apporter des friandises chipées à la cuisine.

Car Blinis était voleur, ou du moins chapardeur ! Il chipait du jambon, et même du caviar ! Il riait en les déballant sur leur table de bois blanc et tous deux dînaient, la fenêtre ouverte sur le vaste panorama du Bosphore.

Ils vivaient presque comme un couple... Ils économisaient pour acheter un phonographe... Quand ils avaient quelques heures de liberté, ils louaient une barque et allaient se promener ensemble...

Vladimir laissa tomber sa cigarette sur le pont et ne l'écrasa pas, ce qui aurait fait bondir Blinis, car il ne voulait pas une tache sur son « *petit joli bateau* »...

Toujours de ces mots enfantins qui émouvaient les gens ! Est-ce que Vladimir parlait de son « *petit joli bateau* » ? Seul, il ne se serait pas donné la peine de le nettoyer. Peut-être même, depuis un an que l'*Elektra* n'avait pas quitté le port, le moteur était-il hors d'usage ?

Et après ?... S'il pensait à Constantinople c'est que, parfois, comme ce matin de Pâques, l'atmosphère était presque la même. Il suffirait...

Par exemple, dans quelques instants, ils s'en iraient tous les deux, Hélène et lui, vers les boutiques de Golfe-Juan ; ils marcheraient dans les feuilles de choux et les bouts de poireaux, dans l'odeur du marché, tâtant un poulet, hésitant à acheter une belle botte d'asperges...

Leurs yeux riraient. Ils s'amuseraient de la gaieté des commères. Vladimir porterait le filet à provisions et Hélène prendrait son bras d'un mouvement machinal, un de ces mouvements qui expriment mieux la confiance que toutes les paroles.

Alors, rentrés à bord, ils prépareraient à deux le repas. On mettrait une petite nappe sur la table. Ce serait son tour de raconter des histoires et il en connaissait aussi, des histoires de la mer Noire, de Berlin, de Paris, car il avait mis quatre ans, par étapes, à atteindre la France.

— Mon père a été fusillé..., dirait-il.

Et ma mère était toujours là-bas, mais il n'était pas prudent de lui écrire, car cela pouvait la compromettre. Elle devait être vieille. Il avait de la peine à se la représenter. Elle devait être seule aussi, seule et vieille et pauvre, à faire la queue devant les coopératives...

Hélène pourrait lui parler de son père, qui venait sans doute de mourir. Il avait remarqué qu'elle était en deuil. Et son père était sûrement pauvre puisque, quand il était mort, elle était revenue chez sa mère...

N'était-il pas capable, tout comme Blinis, d'avoir dix-sept ans, de reprendre la vie où il l'avait laissée autrefois ?

— Jure-moi de ne plus boire, Vladimir !

Il jurerait. Et il ne boirait plus. Peut-être tricherait-il une fois ou deux, au début, par habitude, mais il se dominerait. Il entrerait chez Polyte et commanderait de la limonade.

Pourquoi irait-il encore chez Polyte ?

C'était une procession, maintenant, sur la jetée, car la messe était finie et la foule endimanchée venait de sortir de l'église. Les cloches sonnaient de plus belle. Midi, sans doute ?

Il souleva la tête. Il ne vit pas le bout de robe. Il se leva. Hélène n'était plus dans son fauteuil, où seul le livre replié se trouvait encore.

Alors une image lui revint, comme elle lui revenait dix fois par jour, sans raison, car il n'était même pas sûr que Blinis eût pris le train ; il revoyait son ami, avec son sac de matelot, son pan-

84

talon blanc, son tricot rayé, sa casquette, sur le banc d'une gare, devant les voies vides de trains...

Chez Polyte, les habitués étaient perdus dans la foule bruyante qui avait envahi toutes les tables. Deux filles du pays aidaient Lili à servir la bouillabaisse et la langouste. Pour faire leur belote, l'adjoint, Tony, l'Italien et le muet s'étaient réfugiés dans un coin de la cuisine.

Tout le monde criait. Tout le monde était gai. Et pourtant, ces gens qui mangeaient étaient des caricatures d'hommes et de femmes. Ils croyaient devoir s'habiller en carnaval pour passer une journée à la mer. Ils emportaient des engins invraisemblables et passaient des heures à essayer de prendre du poisson tandis que les épouses restaient assises à l'ombre d'un pin et surveillaient les enfants.

Certains étaient venus dans la camionnette servant à leur profession, et il y en avait une, devant la porte, qui portait les mots : Beurre, œufs, fromages...

— Tu vois ce yacht, là-bas ? C'est un ancien torpilleur...

Vladimir, seul dans son coin, à manger son déjeuner, ne sourit pas. Il les enviait. Et eux enviaient son bateau. Les enfants contemplaient sa casquette à écusson et son tricot rayé.

— Il y a une lettre pour vous..., vint lui annoncer Lili.

Tous les hommes regardaient passer Lili, dont

la robe moulait les jeunes seins. Vladimir, lui, ne les remarquait pas.

Lili ne regardait que Vladimir.

— Quelqu'un qui est venu de Toulon l'a apportée ce matin...

Une sale enveloppe d'épicier. L'écriture de Blinis. Blinis qu'il croyait loin, Dieu sait pourquoi, et qui n'était qu'à deux heures de chemin de fer, à Toulon !

Vladimir...

La lettre était en russe. L'encre était pâle.

Je n'ai pas pu te voir avant de partir, mais j'aurais voulu une explication. Je n'ai jamais volé la bague, tu le sais bien. Il faut absolument que tu me dises si c'est toi qui l'as mise dans mes affaires. C'est très important, beaucoup plus important que tu peux le croire. Je ne t'en voudrai pas. Seulement, j'ai besoin de savoir.

Écris-moi poste restante à Toulon. Si je suis parti, c'est qu'Hélène n'a pas eu confiance en moi. Malgré cela, dis-moi dans ta lettre tout ce qu'elle fait, tout ce qu'elle raconte et comment elle est.

J'attends ta réponse sans espoir de pouvoir encore me dire...

  ton ami,

George.

Il avait signé de son vrai prénom. Sa lettre était comme lui, naïve peut-être, et pourtant pleine de dessous. Qu'est-ce qu'il voulait dire ? Pourquoi répétait-il que c'était si important pour lui de savoir ?

Malgré cela, dis-moi dans ta lettre tout ce qu'elle fait...

— Vous prenez de la bouillabaisse ? lui demanda Lili dans un sourire.

Il haussa les épaules. Hélène venait de rentrer à bord avec ses provisions. Tout à l'heure, quand il monterait à son tour sur l'*Elektra*, il percevrait des relents de grillade et de légume.

Oui, qu'est-ce que Blinis voulait dire ? Et qu'est-ce qu'il faisait à Toulon ? C'était trop près. Vladimir avait l'impression qu'il était encore là, à rôder autour de lui. Justement, un autocar de Toulon stoppait et il tressaillit.

Blinis n'en descendait pas, certes, mais il pouvait arriver d'un instant à l'autre. Et surtout il pouvait, lui, Vladimir, aller là-bas...

Il en eut l'idée, un moment. Dans une demi-heure, le car, après avoir touché Antibes, repasserait. Découvrir Blinis dans la ville ne serait pas difficile...

Il mangeait toujours, machinalement. Du jus de bouillabaisse tacha le papier et Vladimir le déchira en tout petits morceaux qu'il laissa dans son assiette. Il se rendit à peine compte, tant il était préoccupé, que c'était la voiture de Désiré qui s'arrêtait devant la porte, et le chauffeur, qui le cherchait des yeux, finissait enfin par s'asseoir en face de lui.

— Ça va ?
— Ça va !

— C'est la patronne qui m'envoie...

— Elle est déjà levée ?

— Elle doit être en train de s'habiller... Par exemple, elle est de mauvais poil...

Vladimir savait pourquoi. Les fêtes carillonnées leur faisaient le même effet à tous les deux, parce que ces jours-là et les dimanches appartiennent en propre à la foule. Or, ils ne pouvaient pas se mêler à la foule. Ils n'avaient rien de commun avec elle. Ou plutôt ils n'en gardaient que des souvenirs...

— Que veut-elle ?

— Nous partons pour Marseille dans une heure.

— Avec Hélène ?

— J'ai une lettre pour elle.

— Donne ! Bois quelque chose... Je reviens...

Dans la maison, on se tutoyait et on se vouvoyait selon les moments. Vladimir gagna le bord, frappa à la porte du salon, ce que Blinis ne faisait jamais.

— Une lettre de votre mère..., dit-il.

Ce n'était pas une grillade, c'était une côtelette que la jeune fille se préparait et son livre était ouvert devant son couvert. Dans des soucoupes de carton il y avait des hors-d'œuvre.

— Vous direz à ma mère...

Elle hésita, regarda l'heure.

— Vous y allez aussi ? questionna-t-elle.

— Où ?

— À Marseille, avec ma mère et son amie...

— Elle me le demande, oui.

— Alors, dites-lui que je n'irai pas.

— Mais si nous ne rentrons pas cette nuit, vous serez seule à bord.

— Et après ?

— Vous n'avez pas peur ?

— Dites à ma mère que je n'ai pas envie d'aller à Marseille.

Elle alla se rasseoir à sa place, toute seule, dans une atmosphère de côtelette rissolée, de soleil, un livre aux pages éblouissantes ouvert devant elle.

— Vous croyez que ?... osa-t-il insister.

— Répétez à ma mère ce que je vous ai dit, voulez-vous ?

Il n'y avait rien à répondre. À ces moments-là, elle était plus hautaine qu'une grande dame de l'Ancien Régime. Mais elle, ce qui faisait sa grandeur, c'était sa solitude, son livre ouvert, sa côtelette, l'inviolabilité du petit salon où elle allait pouvoir, pendant des heures et des heures, vivre comme si le monde n'existait pas.

— Bonjour, Mademoiselle.

— Bonsoir, Vladimir !

Il franchit la passerelle. Ce n'était plus la peine d'attendre, puisque la journée finirait quand même ainsi. Le chauffeur buvait un café arrosé. Vladimir prit coup sur coup deux grands verres de marc du pays et ses paupières commencèrent à rougir.

CHAPITRE V

Était-ce vraiment Cogolin ? En tout cas, depuis un certain nombre de kilomètres, on lisait au passage ce nom sur les bornes. Au surplus, cela n'avait aucune importance : c'est sous le nom de Cogolin, qui lui plaisait, que Vladimir enregistra cette vision.

L'auto avait longé longtemps des bois de pins parasols. Désiré était au volant, immobile et, comme d'habitude, Jeanne Papelier avait pris place à côté de lui tandis que Vladimir et Jojo étaient installés au fond du coupé. Une vitre les séparait de l'avant, jaunâtre. Parfois on voyait Jeanne se pencher vers le chauffeur mais, si ses lèvres s'agitaient, on n'entendait aucun son.

La route montait. À un tournant, non loin d'une ferme, des gens marchaient par petits groupes, formant une étrange procession. C'était une noce. Les hommes étaient vêtus de noir, ce qui faisait ressortir leurs faces cuites de paysans. Les filles étaient en soie bleue ou rose. Les pères fumaient des cigares et il y avait des mères au corsage énorme.

Le banquet venait sans doute d'avoir lieu à la ferme. Tout le monde prenait l'air, en suivant la grand-route. Les femmes donnaient le bras aux hommes. Et, peut-être à cause du soleil déjà oblique, peut-être aussi à cause des lignes sombres des pins, de la teinte roussâtre des roches, des costumes noirs, peut-être à cause encore de la pureté de l'air qui faisait penser à du vide, on avait l'impression d'une noce en bois découpé, de bonshommes et de bonnes femmes sculptés et peints par des artisans de Nuremberg.

Tout le monde se rangea. Tout le monde regarda l'auto. Il y eut, entre autres, le regard plongeant d'un petit garçon émerveillé qui vint cueillir Vladimir au fond de l'auto.

Après le tournant, le village commençait, plus jouet encore, dégageant une impression d'enfantine innocence. Sur une place, des hommes jouaient aux boules. Ils avaient retiré leur veston et les manches blanches des chemises concentraient tout le soleil.

C'était dimanche, c'était Pâques partout, tout le long de la route. Quand on s'approchait de la mer, on voyait des hommes, la ligne à la main, plantés sur quelque roche. Et, devant chaque petit chemin, une auto dont les occupants grimpaient dans le sous-bois.

Même les vieux, assis sur les seuils, étaient endimanchés. Et l'auto bleue, différente de toutes les voitures que l'on croisait, l'auto bleue qui allait son chemin sans s'inquiéter de Pâques et du paysage, faisait se tourner toutes les têtes. Elle n'était pas de la même race que les autos dominicales, les gens le sentaient. Un instant, en la suivant des yeux, ils étaient troublés dans leur quiétude, mais ils la retrouvaient sitôt après pour savourer doucement, à petites gorgées, le soir pascal.

Par-ci, par-là, on passait devant des villas, certaines aussi grandes que les *Mimosas*, entourées de parterres de fleurs. Toutefois il n'était besoin que d'un coup d'œil pour sentir que celles-là étaient de la même race que les autos arrêtées au bord du chemin, de la même race que les pêcheurs à la ligne et que la noce qui prenait le frais entre deux banquets.

Vladimir contemplait le cou épais de Jeanne Papelier, ses épaules trapues, les petits cheveux décolorés de la nuque.

— Elle n'est pourtant pas méchante, prononça une voix à côté de lui.

Il y avait deux heures qu'ils se taisaient, que chacun regardait le monde défiler derrière les vitres et voilà que Jojo murmurait enfin ces paroles ! Vladimir la regarda. Elle était plus rêveuse que d'habitude, peut-être parce qu'elle s'ennuyait. Il lui reprochait surtout d'avoir la chair molle, tout l'être sans consistance.

Un jour qu'il poussait la porte du petit salon, il l'avait surprise occupée à faire l'amour avec le comte de Lamotte.

— Je ne sais pas ce qui lui a pris ce matin..., soupira-t-elle encore.

— Elle a fait une scène ?

— Je lui montrais une lettre que je venais de recevoir de mon fils...

On allait traverser Toulon. Déjà on dépassait Hyères et ses palmiers. Vladimir tremblait à l'idée que Jeanne pourrait avoir la fantaisie de s'arrêter. Il était mal à l'aise de se sentir si près de Blinis, qui devait être affalé dans quelque bistro.

Au mot fils, pourtant, il tressaillit. Il ne savait pas que Jojo avait un enfant. Chez Jeanne, il en était toujours ainsi : on ignorait presque tout les uns des autres. Vladimir avait vu Jojo faire l'amour. Elle avait maintes fois pleuré devant lui. Il l'avait soignée quand elle était ivre morte, mais il ne savait pas qu'elle avait un enfant !

— Quel âge a-t-il ?

— Sept ans. Je ne vous ai pas montré son portrait ?

Elle le tira de son sac à main. C'était la photographie d'un beau gamin, au regard décidé, aux traits réguliers. Tout au plus pouvait-on lui reprocher la même pâleur qu'à sa mère.

— Où est-il ?

— En Suisse, dans une pension. J'ai toujours peur pour ses poumons... Ce matin, je lisais sa lettre devant Jeanne et elle m'a attaquée grossièrement, en me demandant comment je pouvais vivre loin de mon enfant...

En regardant la nuque de Jeanne, Vladimir pensait à Hélène et essayait de comprendre.

— Comme l'autre jour, elle m'a traitée de putain, en prétendant que c'est parce que j'ai besoin d'hommes que je ne garde pas mon fils près de moi... Ce n'est pas vrai !... Je me moque des hommes...

Toujours dimanche, toujours Pâques des deux

côtés de l'auto ! Des familles le long des rues de Toulon. Une musique militaire dans un kiosque. Et le soleil qui augmentait de densité à mesure qu'il descendait vers l'horizon, les montagnes qui noircissaient, durcissaient l'ombre qui devenait presque palpable derrière chaque promeneur...

— Il y a des gens, soupira Vladimir, qui, le premier de l'an, dès qu'ils reçoivent le calendrier, marquent au crayon les grandes fêtes, comptent les « ponts »...

Jojo le regarda en se demandant pourquoi il parlait ainsi, alors que c'était en écho à ce qu'elle venait de lui confier.

— Je ne sais pas où Jeanne a été élevée, dit-elle un peu plus tard. Je suis sûre qu'elle a été pauvre et qu'elle en a beaucoup souffert. D'ailleurs, elle ne parle jamais de son premier mari, qui est mort le mois dernier. Lamotte prétend que c'était un employé de chemin de fer...

Dans l'esprit de Vladimir, ces mots évoquaient la silhouette sombre d'Hélène, son visage calme et fermé.

Comment Jeanne était-elle allée ensuite au Maroc, il n'en savait rien. Sans doute avec un homme. C'est là, en tout cas, qu'elle avait connu Leblanchet et qu'elle l'avait épousé. Puis...

— On ne peut pas l'accuser d'aimer l'argent, mais je parie qu'elle se tuerait plutôt que d'être pauvre à nouveau...

On avait dépassé Toulon ! On avait échappé à Blinis ! On doublait sans cesse de petites voitures pleines de fleurs qui revenaient à Marseille et la sirène de la limousine retentissait à chaque instant.

— Qu'allons-nous faire à Marseille ? demanda Vladimir.

— Je ne sais pas. Elle s'ennuyait. Quand la villa est vide, elle s'ennuie toujours. Elle va sûrement pêcher quelques nouveaux amis... Non ! ce n'est pas une mauvaise femme... Seulement, il y a des sentiments qu'elle ne comprend pas... Ce matin, j'ai failli lui répondre qu'au lieu de m'adresser des reproches au sujet de mon fils, elle ferait mieux de ne pas garder sa fille auprès d'elle...

— C'est vrai ! Ce n'est pas un exemple... Elle ne vous a jamais posé de questions ?

— Qui ? Hélène ! Je l'ai observée plusieurs fois. Je me demande ce qu'elle peut penser de nous tous... L'autre jour, je serai bien partie avec Edna ; au dernier moment, je n'en ai pas eu le courage... À la rigueur, je me sens capable de travailler, de vivre avec presque rien, mais pas avec une rente de cinq mille francs par mois... Vous comprenez ?

Machinalement, Vladimir mit sa main sur le genou de sa compagne et elle l'y laissa. Il n'y avait aucun érotisme dans ce geste. Pour le moment, il aimait bien Jojo parce qu'elle rentrait dans le cadre de ses pensées.

— Tout cela cassera un jour ou l'autre..., soupira-t-elle pour conclure.

— Comment ?

— Je ne sais pas... Cela ne durera pas toujours...

Comment cela casserait, elle l'ignorait. Mais elle avait la sensation que quelque chose grinçait dans leur existence. Sans doute avait-elle regardé, elle aussi, les promeneurs du dimanche, les autos se faufilant dans la nature avec l'air de la renifler et d'admirer le paysage.

La limousine en doublait toujours, dans un doux vrombissement de moteur, et Désiré gardait son immobilité de chauffeur de grand style.

Comment la pensée de Jojo dévia-t-elle ?

— Blinis était de bonne famille ? demanda-t-elle soudain.

Qu'est-ce qu'elle appelait bonne famille ? Il n'était pas noble, non, pas prince surtout. Mais ses parents avaient peut-être trois ou quatre mille moutons sur les pentes du Caucase. Vladimir aurait pu dire la vérité. Cela le gêna, comme une trahison.

— Une très grande famille, affirma-t-il.

— Cela doit être pénible... Et pourtant je crois que j'aimerais mieux être domestique que vivre comme ces gens-là...

On traversait un faubourg. Elle désignait du regard des petites gens qui se promenaient avec la dignité que leur conféraient leurs habits du dimanche.

Puis elle rougit, car elle s'avisa que ce qu'elle venait de dire pour Blinis s'appliquait aussi bien à Vladimir. Elle avait prononcé le mot domestique.

— Vous, ce n'est pas la même chose... Vous êtes un marin...

Mais elle détourna la tête, parce qu'il la regardait avec un sourire qui signifiait :

— Vous êtes gentille... Seulement, c'est inutile... Vous savez bien que je suis un domestique aussi...

Et un domestique qui, comme elle venait de le préciser, était incapable de faire autre chose. Un domestique habitué au champagne, au whisky, aux autos, à tout un luxe incohérent.

— Reprenez votre photo, dit-il en s'apercevant qu'il avait gardé le portrait du gamin dans la main gauche.

Il en profita pour retirer sa main droite du genou de sa compagne. Ouvrant son sac, elle en profita, de son côté, pour remettre de la poudre et du rouge.

— Je ne sais pas encore ce que je vais en faire... Quel métier lui donneriez-vous ?

On entrait dans Marseille ; Jeanne Papelier se retourna avec effort pour voir ce qui se passait dans l'auto, puis se pencha vers Désiré et ses lèvres remuèrent.

— Tu ne m'avais pas dit que c'était dimanche ! fit-elle en descendant de voiture devant le *Cintra*.

Elle regardait avec mauvaise humeur l'animation du Vieux Port. Désiré, après avoir refermé la portière, attendait les ordres. Et Jeanne restait debout sur le trottoir, questionnait, presque agressive :

— Qu'est-ce qu'on fait ?

Comme Vladimir ni Jojo ne répondaient, elle s'impatienta :

— D'où sortez-vous, tous les deux ? Vous avez des yeux vagues comme si vous veniez de faire l'amour...

Désiré était capable d'entrer dans la villa sa cigarette aux lèvres et même de répondre avec outrecuidance, mais en ville il se tenait roide, sa casquette à la main.

— Quelle heure est-il, Vladimir ?

— Six heures.

— Seulement ?

Qu'est-ce qu'on pouvait faire, à six heures, dans une ville envahie par des dizaines de milliers de gens ? On les observait à travers les vitres du *Cintra*.

— Personne n'a faim ?

Personne n'avait faim. C'était bien la peine d'avoir roulé à toute allure pour ne pas savoir comment dépenser les minutes gagnées !

— Entrons toujours... Attends-nous ici, Désiré...

— C'est que le stationnement est interdit...

— Alors, va-t'en au diable ! Tu finiras toujours par nous retrouver.

Elle portait un manteau d'épais tweed blanc qui ne pouvait passer inaperçu et elle avait son gros brillant au doigt. Tout le monde se retourna quand ils entrèrent. Le gérant, qui la connaissait, se précipita ; elle avait une façon négligente de recevoir les hommages.

— Voilà longtemps qu'on ne vous avait vue...

— Ça va, mon petit ! Sers-nous toujours des cocktails...

Elle appelait chacun « mon petit », même ce gérant qui était un homme d'une cinquantaine d'années, impeccable dans son smoking, père d'un jeune homme qui faisait son service militaire.

Le groupe s'installa à une table. À d'autres tables, on se tut pour mieux les observer. Vladimir était lugubre. Jojo, qui avait dépensé toute son émotion en parlant de son fils, était vide.

— Au fait, tu n'as pas eu de nouvelles de Blinis ? questionna soudain Jeanne, alors que Vladimir ne se doutait pas qu'elle pensait à lui.

— ... Non...

— Tant pis ! C'est un idiot...

— Mais...

Vladimir éprouvait le besoin de défendre son camarade. Il était choqué de voir Jeanne le traiter avec cette désinvolture.

— Je dis que c'est un idiot. Il n'avait qu'à venir me trouver et me raconter sa petite histoire...

Elle renvoya les cocktails qu'elle ne jugeait pas assez secs, mais c'était plutôt par principe.

— Au fond, je suis contente qu'il soit parti. Je parierais qu'il avait autre chose sur la conscience...

Un éclair, un seul, dans le regard de Vladimir, qui baissa la tête. N'avait-il pas raison de penser que, si Jeanne parlait de la sorte, c'est parce qu'elle était aussi mal à l'aise que lui ? Jojo eut le malheur d'intervenir...

— Moi, je comprends ce garçon... Tout le monde l'accuse d'avoir volé et il est trop fier pour rester davantage...

— Imbécile ! grommela Jeanne.

Vladimir aurait voulu faire signe à Jojo de se taire, mais il était trop tard.

— Pourquoi, imbécile ? Est-ce que vous croyez que je me laisserais accuser de vol ?

— Bien sûr !

Elle rougit. Elle dit quand même :

— Non !

— Mais si, ma petite ! Tu aurais bien trop peur de ne plus pouvoir faire la bombe... Les gens sont lâches, moi la première... La preuve, c'est que je suis ici avec vous deux...

Elle restait parfois des semaines sans dire une méchanceté puis, soudain, il y avait en elle comme une fermentation et toutes ses phrases semblaient inspirées par un dégoût des autres et d'elle-même.

— Regardez cette petite qui essaie d'entendre ce que nous disons...

Elle fixait une jeune femme, sans doute une dactylo, ou une vendeuse, installée à la table voisine avec un jeune homme. Elle avait parlé haut, exprès. L'autre ne savait plus comment se tenir. Son compagnon était encore plus gêné qu'elle, car il n'osait pas intervenir.

— Eh bien ! garçon, ces cocktails ?

Puis elle demanda :

— On peut avoir à dîner, ici ?

Elle savait que non. Mais elle insistait. Elle grognait. Elle regardait les consommateurs comme si elle se fût trouvée sur un plan beaucoup plus élevé et qu'elle les eût aperçus à ses pieds.

— Il n'y a pas moyen d'ouvrir la fenêtre ?

Et, sans transition :

— Je veux me saouler cette nuit ! Chasseur...
tu vas courir chez *Pascal*. Tu commanderas trois
dîners soignés pour Mme Jeanne. Tu retiendras ?
Mme Jeanne ! Et tu diras qu'on mette de mon
champagne à la glace... Tiens !

Elle lui tendit un billet de cent francs et refusa
la monnaie. Ce qui ne l'empêcherait pas quand,
tout à l'heure, elle payerait le barman, de faire
tout le calcul, de s'assurer du prix de chaque
cocktail et de ne donner que deux francs de pourboire.

— C'est tout ce que vous trouvez à raconter,
vous autres ?

Le soir tombait. Les barques du Vieux Port et
les vedettes automobiles qui avaient emmené des
promeneurs au château d'If rentraient les unes
après les autres. Les familles retournaient chez elles, s'arrêtaient chez les charcutiers pour acheter
de quoi dîner. D'autres stationnaient devant les
menus des restaurants et discutaient à mi-voix
tandis que les gosses, tenus par la main, s'impa-
tientaient et recevaient des gifles.

— Venez bouffer ! Vous finissez par me flan-
quer le cafard !

Chez *Pascal*, elle était reine. On se précipita
au-devant d'elle. Le propriétaire lui demanda de
ses nouvelles.

— Il n'y a personne à Marseille pour l'instant ?
demanda-t-elle en s'asseyant sur la banquette.

Car il pouvait y avoir deux millions d'individus
dans la ville et n'y avoir personne. Le patron la
comprenait.

— Miss Dolly est passée hier, mais je crois qu'elle est repartie ce matin...

Une charmante petite Anglaise qui, l'année d'avant, était encore girl dans un music-hall et qu'un vieil Américain avait lancée. Le plus étrange, c'est que l'Américain était pédéraste !

— John était avec elle ?

— Puis deux autres que je ne connais pas... Attendez... Non ! je ne vois personne... À part sir Lonberry, qui a déjeuné ce midi à votre table...

— Le colonel ?

— Oui... Il y a deux jours qu'il est à Marseille... Je crois qu'il est venu voir un yacht à vendre...

À une heure du matin, ils étaient six autour d'une table, au *Pélican*, tout au fond, près du jazz. Le colonel avait fait asseoir deux petites danseuses à ses côtés, Jojo, qui avait trop mangé et qui ne se sentait pas bien, regardait devant elle d'un air lugubre. Vladimir était assis à côté de Jeanne qu'il avait dû faire danser plusieurs fois.

Elle n'était pas en train, toujours à cause du dimanche. Il y avait trop de monde et, en même temps, comme dans la ville, il n'y avait personne ! Un public qui n'était pas pour eux, des jeunes gens qui buvaient de la limonade ou de la bière et qui dansaient sans répit ! De pauvres petites femmes qui ne feraient même pas leur matérielle !

Quand le violoniste passa avec une soucoupe, Jeanne y mit cent francs, le fit asseoir.

102

— Bois quelque chose avec nous !

Il y avait trois bouteilles de champagne sur la table.

— C'est toujours aussi gai qu'aujourd'hui ?

— Il y a des jours..., fit prudemment le musicien.

Il était fatigué. Il avait les yeux enfoncés dans les orbites.

— À quelle heure ferme-t-on, d'habitude ?

— Quand il n'y a plus personne... Vers trois ou quatre heures...

Vladimir remarqua qu'il portait une alliance. Il aurait juré que l'homme avait des enfants. L'après-midi, il avait dû se promener avec eux le long des quais, dans la poussière, dans le vacarme des tramways et, sans doute, la famille s'était-elle assise un bon moment à une terrasse, à regarder couler la foule.

— Il faut que je continue mon tour..., s'excusa-t-il en reprenant sa soucoupe.

— Tu connais des airs russes ?

— Quelques-uns...

— Eh bien ! joue-les avec tes camarades.

— C'est que ce n'est pas très dansant...

Et il regardait tout le reste du public, qui n'était venu là que pour danser.

— Eh bien ! ils danseront après, trancha-t-elle en mettant un second billet dans la soucoupe.

Quelques instants plus tard, l'orchestre jouait un morceau russe en regardant de son côté et le public, qui avait compris, attendait, résigné.

— Vladimir..., soupira-t-elle.

Elle n'était pas encore très saoule. Seuls ses yeux commençaient à s'humecter.

— ... Il y a des moments où je voudrais être pauvre...

Elle mentait, il le savait. Elle se mentait à elle-même, parce qu'elle s'ennuyait.

— Qu'est-ce que tu crois que ma fille peut faire à cette heure ?

— Elle dort.

— Toute seule, tu crois ?

Il en fut blessé et il resta immobile, la poitrine serrée, comme s'il eût assisté à un geste sacrilège. Mais elle réfléchissait :

— Oui, je crois qu'elle est encore vierge...

Elle rit, d'un rire artificiel. Elle but.

— Blinis n'a pas dû être capable d'arriver à quelque chose ! Qu'est-ce qu'il peut bien faire, lui, à ce moment ?

— Nous sommes des canailles ! grommela Vladimir qui, lui aussi, avait vidé son verre.

Elle le regarda curieusement.

— Comme tu dis ça !

Devant eux, le colonel plaisantait avec les deux filles et, dans son coin, Jojo paraissait s'endormir, la lèvre soulevée par des nausées.

— Tu penses toujours à Blinis ? interrogea Jeanne.

Il ne répondit pas.

— Qu'est-ce que ça peut te faire ? Il lui serait arrivé autre chose... Jadis, je plaignais les gens... Maintenant plus !... Sinon, je commencerais par me plaindre. Regarde le violoniste...

Il le regarda. L'homme jouait, la joue collée à

son instrument, avec de petits regards vers la cliente qui lui avait donné deux cents francs. La pianiste, une jeune femme d'une vingtaine d'années, boulotte, aux cheveux noirs, lançait aussi des coups d'œil furtifs vers Jeanne.

— Ils ont deux cents francs à se partager : une fortune ! Sais-tu à quoi ils pensent en jouant ? À ce qu'ils vont s'offrir avec ce supplément. Le violoniste achètera peut-être un nouveau chapeau à sa femme et elle aura du plaisir pendant tout l'été. La pianiste...

Elle devait être plus ivre qu'elle ne paraissait, car elle commençait à pleurer, ce qui était un signe.

— Qui est-ce qui me donne quelque chose, à moi ? Réponds, Vladimir ! Que puis-je attendre des gens ?

Elle s'interrompit pour crier au garçon d'apporter du champagne.

— C'est encore ta sale musique russe qui me flanque le cafard ! On devrait interdire ces airs-là !

Et elle se leva, cria à l'orchestre :

— Assez !... Autre chose !...

Tout le monde la regardait. Cela lui était égal. Elle en avait l'habitude.

— Nous parlions de Blinis, tout à l'heure... Je ne le plains pas, parce qu'il sera heureux partout... Tu ne comprends pas ?... Où qu'il soit, il fait son coin, arrange sa petite vie... C'est comme ma fille... Jusqu'ici elle a vécu en banlieue, à Bois-Colombes, où son père était sous-chef de gare... Cela t'étonne ?... Oui ! Quand je me suis mariée, il n'était pas encore sous-chef... C'est lui qui distribuait les billets au guichet... Eh bien ! pendant vingt-cinq ans, il n'a pas quitté sa gare et je ne sais même pas s'il a changé de logement...

— J'ai sommeil... Je suis malade..., gémit Jojo.

— Ta gueule ! répliqua Jeanne, qui avait autre chose en tête.

Elle reprit :

— Tu as vu Hélène... Elle devient riche tout d'un coup... N'empêche qu'elle reste dans son coin, qu'elle va faire son marché, qu'elle prépare ses repas sur un réchaud... Voilà où je voudrais en arriver, tu comprends ?

— Vous ne pourriez pas !

— Je le sais bien, idiot ! C'est justement pour ça...

Et ils se turent en regardant devant eux, d'un œil morne. Le colonel, qui possédait une villa près de Toulon, ne se gênait pas pour peloter, devant tout le monde, le sein d'une des petites, qui faisait semblant de ne pas s'en apercevoir. Jojo dut se précipiter vers la toilette. Le violoniste s'avança, gêné :

— Ce n'était pas cela ?

On ne lui avait même pas laissé jouer un morceau entier !

— Mais si !

— Je vous demande pardon... Vous êtes sans doute habituée à de vrais tziganes...

— Mais non, mon petit ! C'était très bien !

Il ne savait plus ! Il ne savait pas non plus comment se retirer.

— Tu as des gosses ?

106

— Trois !

— Alors, qu'est-ce que ça peut faire ?

Il s'en alla sans comprendre. Sans doute, Jeanne, elle, se comprenait-elle ?

— Des gosses qui ne doivent pas manger de la viande tous les jours ! dit-elle à Vladimir. Quand je pense que cette imbécile de Jojo a mis son gamin en Suisse... Elle t'a montré son portrait ?... Un garçon pareil, on ne le quitte pas, ou alors on ne mérite pas de vivre... Tout ça pour boire du champagne et vivre à ne rien faire... Les gens me dégoûtent, tiens ! Tu es déjà saoul ? Tu m'écoutes ?

Elle le regarda. Elle le connaissait assez pour voir qu'il n'était pas encore complètement ivre.

— Qu'est-ce que tu penses ? Je parie que tu en es toujours à Blinis...

— À Constantinople..., commença-t-il.

— Laisse Constantinople tranquille ! Tu as crevé de faim ! Et après ?

Il éprouva le besoin de l'observer et si elle eût surpris son regard, sans doute se fût-elle étonnée d'y voir comme de la haine.

— À Constantinople, reprenait-elle, il était déjà trop tard... Tu avais une chance...

— Laquelle ?

— Tout sautait, dans ton pays. Ce n'est pas une chance, ça ? On efface tout et on recommence ! Mais tu n'as pas eu le cran...

Il se tassa davantage sur la banquette et ses lèvres se tendirent.

— Ce sont pourtant des choses que tu devrais comprendre, toi !

— Mon père a été fusillé, dit-il très bas.

— Des millions d'hommes meurent tous les jours.

— On a mis ma sœur en prison et, avant de la tuer, dix ou douze types ont...

Elle se tourna vers lui.

— C'est vrai ?

— Je le jure !

— Tu jures toujours ! Mais enfin, cette fois-ci, je veux te croire...

— Ma mère...

— Tais-toi ! Ça suffit comme ça !

Elle était à nouveau émue. Elle buvait et avait envie de pleurer.

— Pardon, Vladimir... Tu as raison... Mais je ne sais plus, moi ! Tu ne comprends pas ça... Garçon !... Du champagne !... Non ! pas des petites bouteilles... Apporte deux magnums à la fois... À ta santé, colonel !... À la vôtre, les petites... Vladimir, va voir aux cabinets si Jojo n'est pas trop malade...

Il traversa la salle en zigzaguant, trouva Jojo devant la glace de la toilette, près de la dame des lavabos qui lui délayait un cachet d'aspirine dans un peu d'eau.

— Ça ne va pas ?

— Je suis malade... On part ?

— Je ne sais pas...

— On couche à Marseille ?

— Je l'espère... Elle n'a rien dit...

— Il y a des moments où je me demande si elle ne le fait pas exprès...

Elle ne précisait pas ce que Jeanne faisait exprès, mais ils se comprenaient.

— Elle pleure ! fit Vladimir en guise de réponse.

— Elle finit toujours par pleurer !

Elle but l'eau à l'aspirine, eut un hoquet, se mit encore un peu de poudre.

— Allons !...

La salle se vidait. Le colonel fumait un cigare et avait pris une de ses petites amies sur ses genoux. On avait distribué des cotillons, à cause d'eux, qui dépensaient. Jeanne avait sur la tête – elle l'oubliait d'ailleurs ! – un casque de pompier en carton.

— Qu'est-ce que vous avez fabriqué tous les deux ? demanda-t-elle, soupçonneuse.

— Rien... Je n'étais pas bien...

— Savez-vous que je me demande si vous avez déjà couché ensemble...

— Jamais ! s'écria Jojo.

C'était vrai. L'idée ne leur en était jamais venue, ni à l'un, ni à l'autre.

— Tant pis ! Moi, ça m'est égal. Je ne suis pas jalouse... Tu es jaloux, Colonel ?

Il ne sut que répondre, car il avait à peine entendu la question.

La musique continuait, rien que pour eux. Le patron faisait ses comptes avec le barman. Leurs vêtements seuls étaient encore accrochés au vestiaire. Les garçons regardaient l'heure à chaque instant. Une bouteille était encore pleine.

— Il faut la vider, décida Jeanne en soupirant.

Et elle remplit elle-même les coupes. Puis elle

appela le maître d'hôtel, refit l'addition avec lui, trouva trente francs de différence.

— Tu me croyais saoule, hein ? Tant pis pour toi ! Tu n'auras pas de pourboire...

Ils se levèrent, traversèrent la piste déserte, jonchée de serpentins dans lesquels on butait. Arrivée à la porte, Jeanne fit demi-tour, revint sur ses pas, avisa le maître d'hôtel plein de dignité.

— Tiens ! Voilà cent francs quand même... Mais une autre fois, tu ne me prendras plus pour une imbécile !

Elle ne s'était pas trompée. Désiré les avait suivis à la piste et, devant le seuil, ouvrait la portière de l'auto.

— Chez nous ! dit Jeanne, fatiguée.

Le colonel avait sa voiture.

— Vous ne venez pas avec nous ?

Non. Il préférait ses deux compagnes. Désiré insinua :

— Madame aurait peut-être plus chaud à l'intérieur...

— Tu sais bien que j'ai horreur d'être enfermée là-dedans.

N'empêche qu'on dut s'arrêter à quelques kilomètres de Marseille, sur la route déserte, parce qu'elle avait froid. Elle passa le manteau du chauffeur par-dessus le sien. Jojo dormait et sa tête allait d'un côté à l'autre, tandis que Vladimir fumait des cigarettes dans son coin.

Il avait froid aussi, car il n'avait pas apporté de pardessus. Il ne pouvait chasser l'image d'un Blinis assis sur le banc d'un quai de gare. Il imaginait ces quais la nuit, avec le froid s'insinuant sous la verrière...

On ne voyait que le triangle blême des phares mais, devant cet écran, se découpait la silhouette de Jeanne Papelier qui, par oubli, avait toujours son casque de pompier sur la tête. Est-ce qu'elle dormait ? Est-ce qu'elle ne dormait pas ?

Sans arrêt, Vladimir rallumait une cigarette à la cigarette qu'il finissait. Et, en même temps que le froid, il lui semblait qu'autre chose se glissait en lui : une haine encore vague pour ce dos solide, pour cette épaisse nuque de femme qui continuaient à se dresser, immuables, de l'autre côté de la vitre. Parfois Jojo, dans son sommeil, poussait un soupir. Elle finit, sans le savoir, par blottir ses pieds déchaussés contre les cuisses de Vladimir.

CHAPITRE VI

Deux mois plus tard, il arrivait encore à Vladimir, surtout le matin, en s'éveillant, de commencer une phrase en russe, de sentir que les mots tombaient dans le vide, de comprendre soudain qu'une fois de plus il parlait à Blinis. La couchette de celui-ci, à bord, restait vide. Deux fois, le muet, parce que Vladimir était rentré tard et que le vent soufflait de l'est, s'y était couché tout habillé, avec sa grosse tête taillée à la hache, ses pieds immenses, toujours nus, son rire silencieux.

Il n'y avait pas de calendrier à bord, mais il n'était même pas besoin de monter sur le pont pour reconnaître les mois, à leur couleur comme à leur voix.

C'était juin, déjà presque juillet. Les grandes baraques repeintes sur la plage avaient ouvert toutes leurs baies et débitaient aussi bien de la crème glacée que de la bouillabaisse, des cocktails et de la bière tiède, dans le vacarme des haut-parleurs.

Alentour, cent, deux cents cabines étaient plantées de guingois et, dominant l'ensemble, s'élevaient des plongeoirs et un toboggan. Les trottoirs n'étaient plus qu'une terrasse, une bousculade de petites chaises de fer et de tables rondes.

Dans le port arrivaient chaque jour de nouvelles embarcations, des grandes et des petites, des périssoires, des canoës, des appareils biscornus, certains ressemblant à de gigantesques araignées et mus par des pédales.

Des gens, le soir, apportaient un phonographe sur la jetée, s'asseyaient en rang et jouaient pendant des heures en regardant s'épaissir la nuit. Un immeuble aussi haut qu'une tour d'église, bourré de petits appartements comme une ruche l'est de rayons, s'était gonflé à bloc et toutes les fenêtres s'allumaient les unes après les autres, découpant les ombres accoudées à l'appui des balcons.

Est-ce que Lili avait deviné ? Vladimir allait toujours s'asseoir dans le même coin, près du comptoir. Un jour qu'il n'avait pas bu plus que de coutume, il s'était levé brusquement, si bouleversé que Lili s'était arrêtée de servir une consommation.

Elle avait compris qu'il avait peur ! Elle aurait juré qu'il avait esquissé le mouvement de se précipiter dans la cuisine.

Alors, elle avait suivi son regard. Elle avait froncé les sourcils. Une bande de jeunes gens entrait dans le café.

Déjà Vladimir se rasseyait, honteux de son émoi.

— Qu'est-ce que vous avez eu ? demanda Lili.

Il feignit d'examiner la banquette avant de répondre :

— Rien... Je crois qu'une bête m'a piqué...

Lili avait remarqué qu'un des jeunes gens, qui était à peu près de la taille de Blinis, était vêtu d'un pantalon blanc, d'un tricot rayé et qu'il portait un bonnet américain.

Ils étaient nombreux à s'habiller ainsi, mais, cette fois, Vladimir ne s'y attendait pas. Il regardait ailleurs quand la silhouette s'était dessinée, d'abord floue, derrière la porte vitrée. Il lui avait semblé que Blinis entrait...

C'est surtout quand il revenait le soir des *Mimosas* qu'il scrutait l'ombre avec inquiétude, car maintenant, à n'importe quelle heure, des couples se tassaient dans tous les coins et des gens qui avaient un lit s'amusaient à dormir en plein air. Il allumait toujours avant d'entrer dans le poste, comme s'il eût craint de trouver Blinis étendu sur sa couchette.

Il n'avait pas remis les pieds à Toulon. Mais le Caucasien pouvait être ailleurs. Il s'était peut-être rapproché. Il était capable de surgir d'une minute à l'autre...

Un bruit suffisait à faire tressaillir Vladimir qui se retournait avec un regard méchant pour ceux qui, sans le savoir, l'avaient effrayé.

En guise d'événements, il y en avait eu deux en deux mois : une phrase et une jambe cassée. Et c'était encore la phrase qui avait le plus de prolongement.

Hélène vivait toujours à bord, lisant ou faisant de l'aquarelle, préparant ses repas et se promenant de bonne heure en youyou. Entre elle et Vladimir ne s'échangeaient que les paroles indispensables.

Quant au travail, il était fait tantôt par Tony, tantôt par le muet. Le bateau était tenu propre, sans plus. Tony continuait à pêcher chaque nuit. C'était un drôle de garçon. Depuis qu'il était payé par Jeanne Papelier, il appelait Vladimir capitaine, avec le plus grand sérieux, en touchant sa casquette du doigt.

— Vous avez des ordres ce matin, Capitaine ?

Il disait encore capitaine quand ils jouaient ensemble à la belote, ce qui ne l'empêchait pas de n'en faire qu'à sa tête. Il lui arrivait de mettre ses filets à sécher le long du bord. Il se servait des outils de la chambre des machines et Vladimir n'aurait pas juré qu'il n'en emportait pas.

— Dites donc, Capitaine, je peux prendre un bout de filin pour ma drague ?

La réserve contenait des pièces de filin neuf. Vladimir avait dit oui. Il croyait se souvenir que, ce jour-là, Hélène était sur le pont et avait entendu. Mais jamais elle ne s'était occupée du bateau.

Or, le lendemain, elle arrêta Vladimir comme il passait.

— J'ai une question à vous poser, prononça-t-elle.

— Je vous écoute.

— Avez-vous permis à Tony de prendre une pièce de filin ?

La drague séchait sur la jetée et le filin neuf zigzaguait dans le soleil.

— Il me l'a demandé...

— Vous avez permis ?

Très rouge, il s'efforçait de fixer le pont, rien que le pont, pour cacher l'éclat de son regard.

— Ma mère sait qu'on distribue ainsi le matériel du bord ?

Sans bouger, sans un frémissement, il avait articulé :

— Votre mère ne s'occupe pas de bouts de ficelle !

— C'est bien pour cela qu'elle se fait voler par tout le monde !

Il n'avait pas bougé encore. Sa respiration était courte.

— Vous me dresserez un inventaire de ce qu'il y a à bord du yacht. Je désire également que le muet ne vienne plus réparer ses palangres sur le pont...

— Bien, Mademoiselle.

— Un instant. Combien vaut une pièce de filin comme celle-là ?

— Deux cents francs environ...

— Merci. Vous pouvez disposer.

Il ne sut jamais si Hélène en avait parlé à sa mère. Jeanne Papelier était dans une période de calme. Après une neuvaine, elle vivait presque toujours, par réaction, quelques semaines de vie bourgeoise que les domestiques appréhendaient.

Jojo fut la première victime. Que se passa-t-il entre les deux femmes ? Un matin, en arrivant à la villa, Vladimir vit Désiré qui revenait déjà de la gare.

— Et d'une ! prononça cyniquement le chauffeur.

Jojo était partie, après une scène qui avait eu lieu la veille au soir. Désormais, la maison était vide et une autre sorte d'activité allait la remplir. Jeanne Papelier était levée. On entendait sa voix du côté de la serre, où elle donnait des ordres au jardinier.

— Venez ici, Vladimir !

Du moment qu'elle lui disait vous, c'était un signe.

— Est-ce que le bateau est en ordre de marche ? Vous allez prendre vos dispositions pour lever l'ancre d'ici une dizaine de jours. Nous gagnerons d'abord Naples, puis la Sicile...

— Bien, Madame !

Il ne se donnait pas la peine de la contredire. Tous les ans, à la même époque, elle projetait une croisière. On travaillait fiévreusement à bord. On transformait le bateau. Parfois un équipage au complet attendait des jours et des jours l'ordre d'appareiller. Une fois on était allés jusqu'à Monte-Carlo !

— Il serait peut-être bon d'installer un réservoir supplémentaire pour l'eau douce...

— Qu'est-ce que cela coûtera ?

— Je ne sais pas... Mille francs ? Peut-être plus...

— Je ne veux pas de « peut-être ». Demandez un devis.

Elle redevenait avare. Elle bouleversait le jardin, trouvait des défauts à la voiture, à la villa, téléphonait à des entrepreneurs de toutes sortes.

— Bien entendu, vous me chercherez un capitaine !

C'était une allusion au voyage qui s'était achevé à Monte-Carlo. Vladimir, qui s'était donné comme capitaine, n'avait engagé que des matelots, comptant sur une navigation facile. Or, on avait failli perdre le bateau en rade de Menton.

— Je chercherai, Madame.

Un réservoir supplémentaire fut installé et chaque jour Jeanne Papelier vint à bord pour suivre le travail, assourdissant les ouvriers par ses questions et ses recommandations.

Elle engraissait. Vladimir la regardait de plus en plus durement. Elle, sans sourciller, lui demandait pour se venger :

— Vous n'avez pas de nouvelles de Blinis ? Il me semble que, de son temps, le bateau était mieux entretenu...

Le « *petit joli bateau* », comme disait Blinis ! Bien sûr que Tony et le muet ne l'astiquaient pas comme lui. Jamais le Caucasien n'aurait laissé emporter un bout de filin, fût-il de quelques centimètres. Vladimir l'avait vu refuser de prêter une clef anglaise à un pêcheur parce que la clef anglaise appartenait à « *son petit joli bateau* ».

Et quand il chassait les enfants plus hardis que

les autres, qui se risquaient sur le pont pour plonger !... Et quand il écartait les barques ou les canoës assez audacieux pour se ranger contre la coque !

Vladimir avait toujours l'impression qu'en se retournant il allait apercevoir le large sourire de Blinis, ses yeux de fille...

Deux fois, Jeanne Papelier passa la soirée à Nice sans lui. La seconde fois, quand elle revint, elle était accompagnée d'une Edna plus blonde que jamais.

— Elle nous accompagnera en croisière ! Je l'ai rencontrée cette nuit au casino...

La fameuse scène était oubliée. Edna était rentrée en grâce. Elle s'installa aux *Mimosas* comme par le passé et, dès le samedi, on vit arriver de Paris un grand jeune homme poli et empressé, qui se ploya en deux pour baiser la main de la Papelier.

— Jacques Duranti, mon fiancé...

Encore un fiancé ! C'était fini avec le comte. Ce fiancé-ci était un ingénieur timide, de bonne famille qui, pendant des heures, tenait la main d'Edna dans la sienne.

On prenait des dispositions sérieuses. Duranti s'arrangerait pour avoir huit jours de congé. Il viendrait à Naples en avion et il profiterait ainsi de la plus belle partie de la croisière.

Il avait une vieille mère et habitait avec elle un appartement douillet et triste de la rive gauche. Il parlait de la période qu'il devrait effectuer en fin d'année comme officier de réserve et portait un insigne patriotique au revers de son veston.

Le dimanche soir, dès qu'elle l'avait reconduit à la gare de Cannes avec l'auto, la Suédoise soupirait cyniquement.

— Quel idiot !... On peut demander du champagne, Jeanne ?

— Si tu veux !

C'était curieux de voir Jeanne Papelier mettre des lunettes et se plonger dans des comptes, écrire d'interminables lettres à son avoué et à son notaire.

— Combien d'essence les moteurs consomment-ils exactement, Vladimir ?

Elle avait trouvé le moyen de s'en procurer à meilleur compte, par un ami qui en vendait et qui lui fournirait l'huile au prix coûtant.

Partirait-on ? Ne partirait-on pas ? Deux ou trois capitaines s'étaient présentés et Vladimir les faisait attendre. Puis, un après-midi, ce fut le drame, à cause du petit moteur destiné à charger les accus. Il ne fonctionnait toujours pas. Le mécanicien était venu deux fois. Jeanne Papelier s'impatientait, accusait tout le monde.

Cet après-midi-là, elle avait convoqué un autre mécanicien, de Nice, et Désiré avait été appelé à dire son mot aussi. Penchée sur l'écoutille de la chambre des machines, elle regardait les deux hommes travailler. Edna était à bord et Hélène, assise sur un pliant, au bout de la jetée, brossait une aquarelle.

— Attendez ! je descends..., cria soudain Jeanne qui s'impatientait.

Elle dut faire le tour par l'avant du bateau. Elle passa devant Vladimir, furibonde contre ce moteur qui la défiait. Elle ne vit pas que l'écoutille du poste d'équipage était ouverte et, soudain, elle disparut, aspirée littéralement par l'ouverture. Des cris perçants retentirent.

Il fallut aller la relever. On l'étendit sur la couchette de Blinis, Vladimir essaya de faire jouer la jambe gauche dont elle se plaignait et il s'aperçut que le tibia était cassé.

Elle haletait. Elle gémissait. Elle criait des injures à tout le monde.

— Qu'on me donne à boire, au moins ! Vous ne voyez pas que je deviens folle de douleur ?

Sa fille vint et la regarda calmement, comme si elle se fût trouvée devant une étrangère.

— Il n'y a rien à boire à bord, dit-elle.

— Qu'on aille chercher quelque chose...

Désiré courut chez Polyte et revint avec une bouteille de fine, non sans avoir téléphoné au médecin. Quand celui-ci se présenta, Jeanne avait bu la moitié de la bouteille et pleurait comme une petite fille en tâtant sa jambe cassée.

Du coup, elle détesta le bateau. Elle voulait le quitter sur-le-champ. Elle parlait de le mettre en vente et injuriait Vladimir qui avait laissé l'écoutille ouverte.

— Et toi, qu'est-ce que tu fais à bord alors que nous avons une villa confortable ? lançait-elle à sa fille.

Elle ne voulut pas entendre parler de clinique. Elle exigeait d'être soignée chez elle, dans sa chambre. Cent personnes étaient massées sur le quai. Une ambulance les écarta. On descendit une civière à bord et le plus difficile fut de faire passer la blessée par l'écoutille.

De la sorte, du moins ne parlait-on plus de croisière ! Jeanne Papelier en avait pour le restant de l'été à vivre allongée. Elle se saoulait toute seule dans son lit, en dépit de l'infirmière qui se montrait intraitable sur ce chapitre.

— Est-ce moi qui vous paie, oui ou non ? Si je veux boire, cela me regarde, vous entendez ?

— Non, madame.

— Qu'est-ce que vous dites ?

— Je dis que je suis ici pour vous guérir et que je n'obéis qu'au médecin.

Chose curieuse, la Papelier, qui n'admettait pas la contradiction, était impressionnée. Au lieu de heurter l'infirmière de front, elle préférait ruser avec elle.

Vladimir était chargé d'apporter de l'alcool, dans des bouteilles plates. L'infirmière s'en était aperçue.

— Vous n'êtes pas honteux ? avait-elle dit au Russe. Vrai ! Vous faites un joli métier...

Et Vladimir avait éclaté d'un rire cynique. Est-ce que cela comptait, à côté de ce qu'Hélène lui avait lancé ? Et à côté de ce qu'il avait fait, donc ?

Ne vivait-il pas avec l'idée que Blinis rôdait quelque part, peut-être tout près de Golfe-Juan, peut-être à Golfe-Juan même.

Plus Jeanne Papelier buvait et plus il pouvait la mépriser. Il allait jusqu'à se réjouir de sa laideur, car, au lit, elle ne prenait plus de soins de beauté et ses cheveux commençaient à se décolorer tandis qu'une chemise échancrée laissait voir les petites rides du cou.

Quand elle avait bu, elle s'entretenait de sa fille, après avoir fait sortir Edna.

— Elle ne te parle jamais de moi, Vladimir ?

— Elle ne me parle jamais !

À ces moments-là, elle avait un regard perçant et le Russe sentait qu'ils se comprenaient.

— Elle vient me voir tous les jours parce qu'il le faut ! Elle reste aussi peu de temps que possible. Elle bavarde davantage avec l'infirmière, lui demande des détails techniques...

Les deux jeunes filles se prirent-elles d'amitié ? Vladimir fut surpris, un soir, de voir l'infirmière monter à bord et rester toute la soirée avec Hélène dans le salon. Elle revint souvent, sans jamais se préoccuper de Vladimir. C'était une jeune fille de vingt-cinq ans, aussi calme qu'Hélène, un peu sévère, un peu trop vigoureusement charpentée, ce qui lui donnait l'aspect d'un homme manqué. Son nom lui-même ne lui allait pas : elle s'appelait Blanche.

Il arriva à Vladimir d'essayer d'entendre, en se glissant dans la chambre des machines, ce que disaient les deux jeunes filles, mais elles parlaient si bas qu'il n'y put parvenir.

Le désordre recommençait. Déjà il fallait deux bouteilles plates par jour et les effusions reprenaient comme autrefois.

— Je suis malheureuse, mon petit Vladimir ! Chacun profite de ce que je suis immobilisée. Edna s'ennuie. Je sens qu'elle voudrait sortir sans moi. Au fond, tous ne regrettent qu'une chose : c'est que je ne sois pas morte. Mais je ne veux pas encore crever ! Il faudra qu'ils me supportent longtemps, je t'assure...

Elle s'inquiétait de lui.

— Que fais-tu toute la journée ? Pas la cour à ma fille, au moins ?

Et soudain, d'une autre voix :

— Dis-moi ! Crois-tu qu'elle soit encore vierge ? C'est drôle de te demander ça... Chaque fois que je la regarde, je me pose cette question...

— Je crois ! fit gravement Vladimir.

— Tu crois, mais tu n'y connais rien. Les hommes se trompent toujours à ce sujet. Ainsi, moi, quand je me suis mariée, je l'étais et mon mari lui-même ne voulait pas me croire. C'est étrange de penser que sa fille, un jour... Passe-moi la bouteille !

Le regard de Vladimir devenait plus lourd. Un jour, Jeanne Papelier le surprit fixé sur elle et elle eut un malaise qui ressemblait à un pressentiment.

— Vladimir ! s'exclama-t-elle.

— Quoi ?

— Pourquoi me regardes-tu ainsi ?

— Moi ?

— On dirait que tu me détestes... Ou plutôt non... On dirait... Je ne sais pas ce qu'on dirait... Tu n'es plus le même...

Elle revint sur cette question un peu plus tard.

— Écoute, Vladimir, je vais te dire une bonne chose, que tu ne dois jamais oublier... On peut se disputer, tous les deux... Quelquefois, il peut même arriver qu'on se déteste... Je t'ai dit des mots méchants... Mais, vois-tu, au fond, tu n'as que moi et je n'ai que toi !... Tu ne me crois pas ?

— Peut-être !

— Les autres ne sont là que pour faire du bruit autour de nous... Toi et moi, on se comprend, même quand on ne parle pas... Tu me regardes et tu penses que je suis vieille et laide... N'empêche que tu es obligé de coucher avec moi !... Et moi, j'ai besoin de toi aussi...

On entendait l'infirmière aller et venir dans la pièce voisine. Une odeur fade régnait dans la chambre, en dépit des fenêtres toujours ouvertes.

— ... Souviens-toi de ce qui s'est passé avec Blinis !... Est-ce que je t'ai fait un reproche ? Non ! parce que je savais que tu n'avais pas pu faire autrement...

Et, plus bas :

— Parfois, il me gênait aussi... Tu comprends, grand imbécile ? Tu comprends, dis, vieille crapule ?

Puis elle menaçait :

— Si jamais tu m'abandonnais, j'ignore ce que je ferais... Mais tu es trop lâche pour me quitter, je le sais ! Qu'est-ce que tu deviendrais sans moi ?

— Qu'est-ce que tu deviendrais sans moi ?
Des milliers de gens, autour de lui, portaient

des costumes fantaisistes, buvaient aux terrasses, dansaient, s'étiraient des heures durant au soleil. La maison en forme de tour abritait des douzaines de couples et de ménages. Des autos allaient et venaient criaillant sans raison comme des canards, et le soir, des ombres erraient dans l'ombre moite de la nuit.

Qu'est-ce que Blinis devenait ? Et pourquoi ce mardi-là y eut-il à bord une scène épouvantable ?

Vladimir venait de retirer de son coffre le phonographe qu'ils avaient acheté, de compte à demi, Blinis et lui, quand ils vivaient à Constantinople. Il le regardait, sans le faire marcher. Il pensait qu'il appartenait encore à eux deux. Et voilà qu'il tendait l'oreille, parce qu'un bruit inattendu venait du salon, un bruit doux et régulier, semblable à une succession de sanglots.

Il sauta sur le pont, sans réfléchir. Il allait descendre dans le salon, pour savoir, quand on lui referma brutalement l'écoutille au nez.

C'était Mlle Blanche, l'infirmière, qui s'était précipitée pour l'arrêter. Elle ne pleurait pas, donc c'était Hélène qui pleurait.

Il ne savait que faire, ni où se mettre, où aller. C'était l'heure de la promenade silencieuse dans la nuit tombante. Des couples s'arrêtaient pour contempler le bateau.

Vladimir osa se pencher pour voir à travers le hublot et l'instant d'après il le regretta, car il ne pouvait plus chasser de son esprit l'image qu'il venait de surprendre.

Hélène était sur le plancher, à moitié couchée,

à moitié à genoux ! À genoux, devant l'infirmière. Elle pleurait. Elle semblait supplier.

Vladimir s'était retiré vivement, car Mlle Blanche avait tourné vers lui un visage peu amène

Il marcha. Puis il pensa que, d'en bas, on devait entendre ses pas sur le pont et que cela gênait la jeune fille.

Il franchit la passerelle, entra machinalement chez Polyte et se jeta sur la banquette, dans son coin. Des jeunes gens entouraient le comptoir. L'un d'eux essayait de caresser la hanche de Lili qui le repoussait en regardant Vladimir.

Il ne commanda pas à boire. Il se releva, ne pouvant tenir en place. Il se trouva dehors et fut pris de panique à l'idée que Blinis pouvait être tapi quelque part.

Du quai il voyait les hublots éclairés du salon. Il se demandait si Hélène pleurait toujours. Il n'osait ni avancer, ni reculer. Il restait là, immobile, dans l'ombre à guetter.

— Je vous offre un verre, Capitaine ? proposa Tony.

— Non, merci !

Il s'éloigna, alla s'asseoir sur le pont, dans un coin, l'oreille tendue.

Il vit s'éclairer le hublot de la cabine d'Hélène. Mais l'autre, l'infirmière, ne partait pas encore. Les minutes passaient. Il était onze heures du soir et les couples devenaient plus rares sur la jetée. Tony, dans son bateau, préparait les filets pour la nuit, en compagnie du muet.

Enfin l'écoutille du salon s'ouvrit. Mlle Blanche monta sur le pont, regarda autour d'elle, sûre de trouver Vladimir quelque part.

— Venez un moment, lui dit-elle sèchement.

Elle franchit la passerelle la première, fit quelques pas sur la jetée. Il la suivait. Elle l'attendait.

— Je voudrais que vous répondiez à une question aussi franchement que cela vous est possible.

Un silence. Il surprit son dur regard posé sur lui, un regard qui contenait autant de mépris que celui d'Hélène.

— C'est vrai que votre camarade était un voleur ?

— Pourquoi demandez-vous cela ?

— Répondez ! N'ayez pas peur ! Et surtout n'essayez pas de comprendre : vous vous tromperiez sûrement. Blinis était un voleur ?

— On a trouvé la bague dans...

— Je sais ! Je ne vous demande pas si vous étiez tous les deux complices...

Il se tut, le regard fixé à une petite lumière du quai.

— Vous n'avez rien à me dire ? insista l'infirmière.

— Moi ?

— Oui, vous ! Cela suffit, d'ailleurs. Je passerai la nuit à bord. Préparez-moi la couchette du salon.

Car il y avait dans le salon deux couchettes supplémentaires qui, de jour, comme dans les pullman, se rabattaient dans la cloison.

Vladimir descendit, tandis que la jeune fille restait debout sur le pont, à attendre. Une forte odeur d'éther le surprenait. Il lui semblait entendre encore le murmure d'un sanglot, dans la cabine d'Hélène.

La voix de celle-ci demanda :

— C'est vous ?

— C'est moi, dit-il.

— Où est Mlle Blanche ?

— Elle va descendre.

Il étalait les draps sur le matelas. L'infirmière, qui était descendue sans bruit, l'interrompit dans son travail.

— C'est bien ! Je continuerai moi-même...

Il allait sortir. Elle le rappela :

— Vous comptez coucher à bord ? lui demanda-t-elle.

— Comme toujours, oui.

— Pas toujours. Vous couchez parfois à la villa. Vous ne pourriez pas le faire aujourd'hui ?

— Bien !

Elle parlait avec tant de calme autorité qu'il était impressionné. Il sentait qu'il devait quitter le bord, mais il ne voulait pas aller à la villa.

Il resta chez Polyte jusqu'à une heure du matin, car les jeunes gens étaient toujours là et on laissait le café ouvert pour eux. C'est ce soir-là qu'il remarqua que Lili était amoureuse, mais cela ne lui fit aucun plaisir, ne flatta même pas son orgueil.

— L'imbécile ! grogna-t-il.

Cela le crispait, au contraire, de la voir faire son service en le regardant sans cesse et en rougissant dès qu'il levait les yeux sur elle.

Que pouvait-elle penser de lui pour s'exciter de la sorte ? Qu'est-ce qui l'impressionnait ?

Il but beaucoup. Il en avait besoin. Puis il se trouva seul sur la plage, d'où il entendait des pas lointains. Les cabines s'alignaient sur le sable.

Il essaya d'en ouvrir plusieurs, en trouva enfin une dont la porte n'était pas fermée et il s'y coucha, la tête sur son bras replié. La brise dut se lever vers les trois heures du matin, car il eut froid et il eut l'impression que la mer clapotait non loin de lui.

Quand il s'éveilla, deux hommes, armés de crochets, arpentaient la plage et ramassaient les papiers. Ils le virent, avec étonnement, sortir d'une cabine, le pantalon fripé, les cheveux en désordre.

Une pensée le frappa : peut-être Blinis, quelque part, en était-il réduit à coucher ainsi dans un abri de hasard. Cela avait failli leur arriver à tous deux, à Berlin, en plein hiver, mais, ce soir-là, un compatriote les avait emmenés chez lui, dans un hangar bourré de vélos.

Lorsqu'il passa devant chez Polyte, celui-ci était levé et Vladimir s'aperçut qu'il l'observait avec curiosité.

— Déjà debout ? Vous arrivez de la villa ?

Il ne répondit pas. L'infirmière était levée aussi, déjà vêtue, prête à sortir. Elle l'attendait sur le pont. Elle vint au-devant de lui.

— Vous êtes allé aux *Mimosas* ?

— Non !

— Où avez-vous dormi ?

— Par là..., dit-il en désignant la plage.

Elle lui lança un étrange regard, soupira.

— Écoutez... Il faut que vous surveilliez Hélène... Je ne peux pas vous en donner la raison, mais il serait préférable qu'elle ne s'écarte pas trop du bateau...

— Elle dort ?

— Elle dort, oui ! Laissez-la dormir. Je viendrai la voir tout à l'heure...

Et elle s'éloigna à pas réguliers, comme quelqu'un qui se rend à son travail.

CHAPITRE VII

Il descendit dans le salon avec l'idée d'y mettre de l'ordre et, machinalement, il s'assit sur le bord de la couchette qui avait servi à l'infirmière. Dans l'oreiller, se marquait encore, en creux, la forme de la tête et Vladimir imagina les cheveux sombres de Mlle Blanche, étalés sur la taie, son visage qui, même quand elle dormait, ne devait pas se détendre.

Il ouvrit un hublot, car il régnait une odeur fade. Puis, il se leva en soupirant, replia le drap de lit, la couverture, en pensant qu'un peu plus tôt la jeune fille était occupée à s'habiller dans ce même salon.

Imaginer Hélène endormie dans sa cabine l'émouvait et replier les draps de Mlle Blanche provoquait chez lui une sourde répulsion. Pourquoi ?

Il était fatigué. Il ne s'était pas rasé et il avait la barbe très forte.

Il s'assit à nouveau, regarda autour de lui, essayant de deviner pourquoi, la veille au soir, Hélène, toujours si maîtresse d'elle-même, s'était laissé aller à pleurer, à gémir devant une étrangère. Il tressaillit en entendant du bruit de l'autre côté de la porte. Celle-ci s'ouvrit. Hélène passa la tête, esquissa un mouvement de recul.

— C'est vous ! dit-elle.

Sans doute avait-elle cru entendre l'infirmière, car elle était en costume de nuit, la chevelure en désordre. Elle rentra un moment dans sa cabine, en sortit après avoir passé un peignoir et s'être donné un coup de peigne.

C'était la première fois qu'elle se montrait ainsi et que Vladimir sentait flotter autour d'elle comme des relents de la nuit.

Tout comme sa mère, comme une Jojo, comme une Edna, elle avait les pieds nus dans des savates et elle ouvrait un placard pour y prendre une bouteille d'eau minérale.

— Qu'est-ce que vous faites ici ? questionna-t-elle enfin avec lassitude.

— J'ai remis de l'ordre dans le salon.

— Il y a longtemps que Mlle Blanche est partie ?

— Pas tout à fait une heure.

— Merci.

Ce merci voulait lui donner congé. Elle regardait l'écoutille, laissant voir clairement qu'elle avait envie d'être seule. Mais Vladimir, avec l'air de ne pas comprendre, restait là à fixer la bouteille et le verre. Sur la table, il croyait voir des cartes à jouer. Il évoquait Blinis d'un côté, Hélène de l'autre...

Le comme-ci et le comme-ça...

Puis, à la dérobée, il étudiait la jeune fille, qui avait les paupières cernées, le regard las.

— Je vous ai demandé de me laisser, dit-elle avec sa froideur habituelle.

Cette fois, il se leva, gagna le pont, s'assit sur le bastingage sans, pour ainsi dire, avoir perdu le fil de ses pensées. Pas des pensées à proprement parler. Des impressions qu'il essayait de relier les unes aux autres. En même temps, il jetait un coup d'œil machinal derrière lui, pour s'assurer que Blinis n'était pas là, à le guetter.

Quel jour était-on ? Mardi. C'était donc le jour du mari de Jeanne. Tout à l'heure, Vladimir le trouverait à la villa, vêtu de blanc, le panama sur la tête, économisant ses gestes et ses mots, comme s'il connaissait exactement la quantité qui lui en restait à dépenser.

Il déjeunerait, puis il rejoindrait Nice où il ferait sa promenade quotidienne avant d'aller lire ses journaux au cercle.

Quant à Vladimir, il aurait à supporter encore les humeurs de Jeanne quelles qu'elles fussent !

Il était vraiment fatigué, au moral comme au physique. Il regardait son écoutille en se disant qu'il était temps d'aller s'habiller et il n'en avait pas le courage.

Il voyait clair à présent : tout ce qu'il avait fait avant ne comptait pas. Il était devenu une sorte de domestique, mais ce n'était pas sa faute. Il lui était arrivé de flatter Jeanne Papelier, mais il avait besoin de vivre. Il avait joué le rôle d'amant parce que c'était le seul moyen de s'incruster dans la maison...

Et il buvait, à cause de tout cela, pour y penser autrement qu'avec sa froide raison.

Une seule chose comptait, une seule ne lui serait jamais pardonnée : *Blinis*.

Or, maintenant, il ne pouvait même plus dire avec précision pourquoi il avait fait cela ! Il regardait toujours l'écoutille, d'un regard flou. Il avait envie de parler en russe à Blinis. Il croyait revoir son grand rire enfantin...

— Vladimir !

Il tressaillit, tellement pris par ses pensées, qu'un moment il regarda tout autour de lui avant de voir Hélène qui avait passé la tête par l'écoutille du salon. Il fut frappé de sa pâleur. En bas, il l'avait à peine remarquée, mais au soleil il était stupéfait de lui découvrir un visage aussi ravagé.

— Voulez-vous descendre un instant ?

Il la suivit. Elle resta debout et il n'osa pas s'asseoir.

— Asseyez-vous !

— Mais...

— Puisque je vous dis de vous asseoir, s'impatienta-t-elle. Je ne peux pas vous parler si vous êtes debout.

Ce ton-là ne lui était pas habituel. Elle avait à la main un mouchoir qu'elle tiraillait en tous sens.

— Vous aimez l'argent ? questionna-t-elle soudain sans le regarder.

Il ne sourit même pas. C'était tellement inattendu ! Non seulement l'argent lui était indifférent, mais il n'avait jamais eu le sentiment de la propriété. Au point, par exemple, qu'il ne possédait pas de montre. Deux fois il en avait acheté et les deux fois il l'avait abandonnée dans un bistro un jour qu'il avait soif !

— Essayez de bien me comprendre..., poursuivait Hélène.

Elle tournait enfin vers lui un visage où il semblait ne plus y avoir une goutte de sang.

— J'ai besoin de vous ! Fermez l'écoutille...

Il la ferma, oublia de se rasseoir.

— Asseyez-vous !

Ce n'était plus Hélène. Un moment, il se demanda si elle n'était pas devenue folle, ce qui aurait expliqué les recommandations de l'infirmière. Elle parlait d'une voix hachée. Elle hésitait devant les mots, devant les phrases, mais se précipitait bientôt en avant dans un mouvement de vertige.

— Quand ce sera fini, je vous donnerai une somme et vous partirez. J'ai un peu d'argent personnel, que j'ai hérité de mon père.

Elle reculait malgré tout le moment ultime. Elle se servit un verre d'eau, qu'elle oublia de boire.

— Vous êtes un homme... Il y a des démarches qui vous sont faciles... Mlle Blanche, elle, a refusé...

Dehors, quelqu'un mettait en marche le moteur d'une barque et on entendait les explosions hésitantes, puis un ronronnement plus régulier.

— Voilà, Vladimir... Il faut que vous me trouviez un médecin qui accepte...

Vladimir se leva, la gorge serrée, et elle ajouta sèchement, de la même voix qu'elle lui eût lancé une injure :

— Je suis enceinte ! Comprenez-vous, maintenant ?

Il ne bougeait pas, il était sidéré. Son visage devait avoir une expression étrange, car Hélène ricana :

— Cela vous étonne ?

Oh ! Ce n'était pas en amie qu'elle s'était adressée à lui ! Son aveu était tout le contraire d'une marque de confiance ! Elle le méprisait. La preuve, c'est qu'elle avait d'abord parlé d'argent. Devant qui aurait-elle moins souffert de la honte que devant un homme accoutumé à toutes les hontes ?

C'était cela qu'elle pensait, il en était sûr.

— Vous voyez ce que j'attends de vous ? Cet enfant ne peut pas naître ! Sinon, c'est moi qui disparaîtrai, c'est moi qui le détruirai en me détruisant. Je sais qu'il existe des sages-femmes spécialisées. Informez-vous. Faites le nécessaire...

Elle ne pleurait pas, mais on aurait dit à chaque instant qu'elle allait tomber tout d'une pièce sur le plancher. Pour se donner de la force, elle marchait autour de la table et Vladimir ne la quittait pas des yeux.

— Vous avez compris ? répéta-t-elle, affolée par son silence. Vous ne voulez pas me répondre ?

— Mademoiselle..., balbutia-t-il.

— Quoi, Mademoiselle ? Vous allez m'imposer une comédie ?

Non ! Mais il étouffait. Et, en regardant la table, il croyait à nouveau y voir des cartes à jouer, puis entendre le rire de Blinis.

— Vous ferez ce que je vous demande ? Bien entendu, c'est inutile d'en parler. Je crois d'ailleurs que c'est votre intérêt comme le mien. Tenez !

Elle avait préparé de l'argent ! D'un tiroir elle tirait cinq billets de mille francs qu'elle lui tendait.

— ... Pour les premiers frais...

Mais soudain Vladimir posa ses coudes sur la table, son visage dans ses mains et se mit à pleurer. Jamais, au grand jamais, il ne s'était senti aussi misérable qu'à cet instant. Il lui semblait qu'il touchait au tréfonds de la misère humaine. Il n'osait pas regarder la jeune fille qui s'impatientait, ordonnait :

— Restez tranquille, je vous en prie ! Je n'aime pas ces sortes de scènes...

Il aurait bien voulu obéir, mais il ne pouvait pas s'arrêter de pleurer et il répétait tout bas des mots en russe qu'Hélène ne comprenait pas.

— Vous m'entendez, Vladimir ?

Il fut encore un bon moment avant d'essuyer ses yeux, de montrer un visage congestionné. Ce fut en détournant la tête qu'il balbutia :

— C'est Blinis ?

— C'est votre ami, oui ! répliqua-t-elle avec haine. Après, vous pourrez aller le retrouver et lui dire...

Il sortait, sans prendre les billets, sans donner

138

de réponse. Il sortait parce qu'il ne tenait plus en place.

— Vladimir !

— Oui...

— Je peux compter sur vous ? Écoutez-moi bien et croyez que je ne bluffe pas. Si vous ne m'aidez pas, un de ces jours, on me repêchera dans le port...

— Oui..., répéta-t-il sans savoir ce qu'il disait.

— Vous ferez le nécessaire ?

Il prit les billets, en tout cas, machinalement les poussa dans la poche de son pantalon de toile. Dehors, il fut surpris par le soleil, par la vie qui avait commencé, par le grouillement de la plage.

— Vous étiez là ? dit une voix.

Il se retourna d'une seule pièce, aperçut Edna, qui était à bord, vêtue d'un pyjama de plage, les pieds nus dans des sandales, les ongles laqués.

— Vous ne voulez pas me faire faire une promenade en canot automobile, Vladimir ?

— Non !

— Qu'est-ce que vous avez ? On dirait que vous pleurez ?

— Non ! cria-t-il, rageur.

Et il pénétra dans le poste, referma l'écoutille au-dessus de sa tête, si bien qu'il se trouvait dans la demi-obscurité !

Blinis avait... Il déchira un tricot qui lui tombait sous la main, se jeta sur sa couchette et recommença à pleurer tout en parlant dans sa langue... Il sentit quelque chose de raide dans sa poche : c'étaient les billets !

Et il ne s'était douté de rien ! Il s'en allait, les

laissant tous les deux jouer aux cartes dans le salon, ou encore préparant la dînette comme des enfants !...

Quand il rentrait, le soir, il apercevait Blinis dans sa couchette, et il n'imaginait pas qu'un peu plus tôt...

— Capitaine ! Hé ! Capitaine !

C'était Tony, cette fois, qui voulait savoir si on aurait besoin du canot automobile. Vladimir monta sur le pont, les yeux rouges, il y trouva Edna assise sur le roof.

— Qu'est-ce qu'elle a ? questionna la Suédoise en désignant le salon. Elle m'a refermé la porte au nez en criant qu'elle ne voulait voir personne. Vous ne venez pas à la villa, Vladimir ?

Il ne savait plus. Il changea de costume, mais il ne se rasa pas. Il allait à la villa, oui ! Par exemple il ne savait pas du tout ce qu'il allait y faire. Au moment où il s'engageait sur la passerelle, l'écoutille du salon s'ouvrit à nouveau.

— Vladimir !

Il se précipita. Hélène était toujours dans la même tenue que le matin, les traits aussi tirés, aussi immobiles.

— Je compte sur vous ?

Il fit signe que oui, pour la calmer. Il ne savait pas. Il ne s'était pas posé la question.

— Bien ! Si vous ne tenez pas parole, il sera toujours temps...

Edna l'attendait sur le quai. Elle était venue avec la voiture. À la terrasse de chez Polyte, Vladimir aperçut Lili et fut écœuré par son sourire.

— Vous avez bu, hier au soir ? demanda Edna en l'examinant.

— Peut-être.

— Vous serez bien avancé, un jour ou l'autre quand vous tomberez malade ! Vous n'avez jamais été malade ?

— Non !

L'auto roulait. On voyait le dos indifférent de Désiré.

— Moi, on m'a opérée de l'appendicite...

Il la regarda férocement. Pourquoi lui parler d'opérations alors que...

— C'était le meilleur chirurgien de Stockholm et pourtant j'ai failli y rester...

— Taisez-vous !

Il la détestait, détestait l'auto, Désiré, la villa où il se rendait. Il lui semblait qu'il allait se précipiter vers la chaise longue de Jeanne Papelier, la secouer, lui crier :

— Vous n'avez pas honte, non ? Voilà ce qui vient d'arriver, par votre faute !

Le soleil tombait presque d'aplomb dans le jardin où il n'y avait jamais eu tant de fleurs et le jardinier répandait sur un parterre le terreau apporté dans une brouette. Dans le porte-parapluies de l'entrée, Vladimir reconnut la canne de M. Papelier.

Il monta. Jeanne avait fait tirer sa chaise longue sur la terrasse du premier et son mari, en complet de tussor, était assis auprès d'elle.

— Qu'est-ce qu'il y a, Vladimir ? demanda-t-elle dès qu'elle l'aperçut.

— Rien !

141

Elle l'observa plus attentivement, tandis que le mari se contentait d'un signe de tête à l'adresse du Russe.

— Tu me caches quelque chose. Qu'est-il arrivé ?

— Je vous assure...

— Tu mens encore plus mal que Blinis. Enfin ! tu me le diras tout à l'heure... Dis à Mlle Blanche de me faire monter du champagne...

Il n'avait pas encore vu l'infirmière. Il la trouva dans la salle de bains, et elle aussi le regarda curieusement, frappée par ses traits bouffis, par l'expression vague de ses yeux.

— Qu'est-ce que vous avez ?

— Rien ! Madame demande du champagne.

Il aurait fallu s'arrêter, voilà tout ! S'asseoir n'importe où. Ne plus bouger. Ne plus penser. Il n'avait pas le courage de retourner sur la terrasse, mais il n'avait pas non plus le courage de retrouver Edna au rez-de-chaussée ni d'aller à bord, ni de s'enfermer chez Polyte, à boire à côté du comptoir.

Il les haïssait trop. Tous. Tout ce qui, en somme, procédait de Jeanne Papelier. De la chambre, il entendait sa voix. Elle disait à son mari :

— ... après, il faudra que je passe une quinzaine de jours à Paris... Vladimir !...

Il s'approcha.

— Tu as commandé le champagne ?

Puis elle expliqua, pour les deux hommes :

— Je crois que c'est une bonne infirmière, mais elle est têtue comme une mule. Sous prétexte qu'elle est ici pour me soigner et non comme domestique, elle refusait au début de me commander à boire, se contentant de sonner pour appeler la femme de chambre...

— Vous n'avez pas de nouvelles de votre ami ? demanda M. Papelier par politesse.

Il était, lui, trop aimable avec tout le monde, d'une amabilité pâle et onctueuse.

— Laisse Vladimir tranquille ! Je ne sais ce qu'il a aujourd'hui, mais je finirai par l'apprendre. Ma fille est à bord ?

— Oui.

Elle avait engraissé, Jeanne Papelier. Ainsi étendue sur la chaise longue, elle paraissait courte et épaisse et on lui voyait trois mentons superposés.

La femme de chambre apporta un plateau avec le champagne.

— Vous en voulez ?

Non. Les deux hommes n'en prirent pas. Ils attendaient. Avec elle, on attendait toujours. Et elle ne savait que faire, que dire. Elle s'ennuyait. À ses pieds, le jardin n'était qu'un fouillis de fleurs, de palmiers, de pins maritimes. Plus bas, dans une déchirure, on apercevait la mer aussi lisse que du métal.

Vladimir ne regardait pas le décor, mais la femme qui buvait en se soulevant sur un coude, et, cette fois, il sentit nettement que c'était la haine qui prenait possession de son être.

— Où vas-tu ?

— Nulle part ! répliqua-t-il sans se retourner.

Il n'alla nulle part ! Il erra dans les rues de Cannes, s'arrêta dans des bars où on ne le connaissait pas, aperçut la gare et éprouva le besoin d'aller sur le quai, comme pour mieux fixer sur sa rétine l'image du banc où Blinis avait attendu.

C'était là aussi que, le samedi, on venait chercher le nouveau fiancé d'Edna. Il apportait des bonbons. Il débarquait tremblant d'émotion. Il repartait, le dimanche soir, après lui avoir fait promettre de penser à lui chaque soir pendant dix minutes au moins avant de s'endormir.

— Pauvre idiot ! grommela Vladimir.

Qu'est-ce qu'il racontait à sa mère, en rentrant ? Qu'Edna était la plus intelligente des jeunes filles ? Que c'était une femme extraordinaire, qui ne ressemblait à aucune autre ?

Il fallait voir Jeanne Papelier le regarder avec ses gros yeux, surtout quand il faisait sa cour à la Suédoise ! Elle n'avait même pas envie de rire. Elle semblait se dire :

— Penser qu'il y a des animaux aussi stupides !

Et aussi naïfs. Pleins d'ardeur pour la vie. Pleins d'appétit de bonheur. Déjà, en arrivant à la gare, le pauvre fiancé reniflait l'air, fermait à demi les yeux :

— Je respire toutes les fleurs de ce paradis..., soupirait-il.

Oh ! comme Vladimir la détestait maintenant ! Elle, oui. Jeanne Papelier. Parce que, tout cela, c'était elle ! Il n'aurait pas pu exprimer nettement sa pensée, mais il lui semblait que tout ce qu'elle touchait était terni.

Ainsi, quand ils étaient entrés à son service, Blinis et lui... Ils venaient de passer des années de misère... Il leur était arrivé d'avoir faim...

Tout d'un coup, on les acceptait dans un paradis terrestre où se déroulait une vie d'abondance...

« *Mon petit joli bateau...* »

Et Blinis caressait le yacht, comme le fiancé d'Edna respirait les parfums de la Côte d'Azur. Il l'astiquait, il le ponçait, il le peignait comme si vraiment cela avait une importance quelconque que l'*Elektra* fût sale ou propre !

Il y passait des journées... Il se relevait la nuit, par mistral, pour veiller aux amarres... Il poursuivait les gamins qui risquaient de salir le pont en plongeant du bord...

Vladimir, jadis, n'était-il pas ainsi ?

C'est elle qui avait tout gâché, tout pourri. Et maintenant, tête basse, il suivait le bord de la mer, sans but, sans se demander où il allait.

Pauvre Hélène ! Elle croyait encore à quelque chose, elle ! Elle s'était traînée aux pieds de l'infirmière. Elle s'était raidie pour jeter son déshonneur à la face de Vladimir !

Son déshonneur ! Y penserait-elle encore seulement dans quelques années ? Elle deviendrait comme l'autre, comme sa mère...

Il traversait la plage, au milieu de la foule, mais il ne voyait personne. Une idée, petit à petit, s'infiltrait en lui, une aspiration, plutôt.

N'était-il pas encore temps de s'échapper ? Il

145

retrouverait Blinis. Il ne pouvait pas ne pas le retrouver. Et tous les deux, comme s'ils n'avaient
jamais connu l'*Elektra* et Jeanne Papelier, repren-
draient leur vie vagabonde.

Ils ne boiraient peut-être plus de champagne,
de whisky, mais ils se promèneraient le dimanche
matin dans la ville, dans n'importe quelle ville, se
mêleraient aux gens du marché, hésiteraient à
s'offrir le cinéma...

Sur la table de leur chambre, il y aurait le vieux
phono qu'ils s'étaient payé à eux deux, avec leurs
premières économies.

L'impatience le prenait. C'était une sensation
lancinante dans la poitrine. Il aurait voulu partir
tout de suite, aller à Toulon, chercher Blinis...

Comme si Blinis avait attendu à Toulon...

Tant pis ! Il retrouverait sa trace. Il ne se don-
nerait pas la peine de lui mentir. Il lui dirait en
regardant ailleurs :

— J'étais jaloux de toi, tu comprends ?... Tu
continuais à vivre au milieu de toute cette saleté
sans te salir... Tu pouvais encore rire... Et, la
preuve, c'est que, quand une jeune fille est venue
qui m'a regardé avec mépris, peut-être avec dégoût, elle a tout de suite été vers toi, parce qu'elle
se reconnaissait...

Il tressaillit, crut un instant être le jouet d'une
hallucination. Il était arrivé en face du yacht et il
voyait Hélène assise sur le pont, dans son fauteuil
transatlantique, dans sa pose de tous les jours, un
livre sur les genoux.

À croire qu'il ne s'était rien passé, qu'elle ne
s'était pas humiliée devant l'infirmière, qu'elle

n'avait pas chargé Vladimir d'une terrible mission.

Il franchit la passerelle. Elle l'entendit, murmura sans se retourner :

— Eh bien ?

— Rien...

— Vous ne vous êtes pas occupé de ce que je vous ai dit ?

— Pas encore...

Mais, pour ne pas rompre ce pacte qui le rapprochait d'elle, il mentit.

— J'ai commencé à me renseigner...

— Cela ne doit pas être difficile ! répliqua-t-elle.

Et peut-être y avait-il dans sa voix de l'amertume, du désespoir ? Est-ce qu'à son tour elle ne découvrait pas un monde nouveau ?

— Vous ne voulez pas que j'aille vous chercher quelque chose à manger ?

Il aurait aimé aller au marché pour elle, comme Blinis, avec le filet à provisions.

— J'ai déjà fait les courses.

— Vous n'avez vraiment besoin de rien ?

— Merci.

Elle lisait ou faisait semblant de lire. Pour elle, l'aveu du matin n'avait créé aucune intimité entre lui et elle. Au contraire. Si elle l'avait choisi, c'est parce que c'était l'homme qu'elle considérait comme le plus éloigné d'elle, un homme à qui l'on pouvait tout dire, parce que cela n'avait pas d'importance.

Vladimir descendit dans sa cabine. Un peu plus tard, il entendit des pas sur le pont et regardant, passant la tête par l'écoutille, aperçut l'infirmière qui venait d'arriver.

Mlle Blanche était agitée. Elle s'assit sur le roof, en face d'Hélène, et la questionna à voix basse. Or, Hélène continuait à se montrer calme, le regard fixé sur son livre.

L'infirmière insistait, s'effrayait peut-être de cette placidité inattendue, regardait autour d'elle comme pour en chercher la raison. Enfin elle aperçut Vladimir, qui disparut à nouveau dans le poste.

Il était beaucoup plus de midi quand il se décida à aller chez Polyte. Hélène n'était plus sur le pont, mais devait préparer son repas dans le salon. La jetée était déserte, car tout le monde mangeait.

Vladimir ne pensait plus à l'infirmière quand, en pénétrant dans le restaurant, il l'aperçut, assise dans un coin, semblant attendre quelqu'un.

— Monsieur Vladimir ! appela-t-elle.

Il s'assit près d'elle et haussa les épaules parce que Lili, qui croyait à un rendez-vous, prenait un air attristé.

— Dites-moi la vérité. Elle vous a parlé ?

— Qu'est-ce qui vous fait penser cela ?

— Ne mentez pas. Il s'est certainement passé quelque chose depuis ce matin. Elle n'est plus la même...

Elle l'épiait. Encore une qui le méprisait intensément !

— Je ne sais pas ce que vous voulez dire...

148

— Vraiment ? Et vous êtes sûr qu'elle ne vous a pas demandé quelque chose, que vous n'avez pas accepté ?

Son visage devenait menaçant.

— Je ne comprends pas...

— Je le souhaite. Pour vous. Parce que si vous faisiez cela...

Elle se leva.

— C'est tout ce que je voulais vous dire. Tant mieux si vous n'avez pas compris. Dans ce cas, je vous demande d'oublier cette conversation et surtout de n'en parler à personne. Mais je lis dans vos yeux que vous mentez...

Elle sortit. Des gens la regardèrent partir, tant elle était grave dans un milieu où l'on ne pensait qu'à boire et à manger.

— Qu'est-ce que vous prendrez ? demanda Lili. Il y a des tripes...

Elle était bien capable, la dinde, d'aller pleurer dans la cuisine !

CHAPITRE VIII

— Monsieur Vladimir !...

Pas un muscle ne tressaillit sur le visage du Russe et la voix répéta plus fort :

— Monsieur Vladimir !... Monsieur Vladimir !...

À la quatrième fois seulement, un frémissement semblait annoncer que Vladimir se mettait en route, du monde lointain où il était plongé.

— Monsieur Vladimir !...

Il était luisant de sueur, bouffi et rouge. Les paupières s'entrouvrirent lentement et un regard émergea, encore neutre, mit un bon moment à se fixer sur le chauffeur accroupi près de l'écoutille.

— Qu'est-ce que c'est ? balbutia alors une voix pâteuse.

— La patronne vous demande.

Vladimir ne devait pas être bien réveillé. Il se tourna vers la cloison, le corps en chien de fusil, poussa un soupir et ferma les yeux à nouveau.

— Monsieur Vladimir... Hé !...

Alors, sans transition, Vladimir s'assit sur sa couchette et se frotta le visage.

— Quelle heure est-il ?

— Cinq heures dix.

— Cinq heures dix de quand ?

Il avait dit cela sans s'en rendre compte, et il ne comprit pas le rire du chauffeur.

— Mazette ! Vous en avez écrasé sérieusement, vous ! Il est cinq heures dix d'aujourd'hui, quoi ! Dépêchez-vous ! La patronne est dans son mauvais vin. Vous ne vous recouchez pas, au moins ?

Vladimir promit d'un grognement et Désiré s'éloigna, rendant à l'écoutille sa couleur de ciel. Cinq heures dix d'aujourd'hui ! C'est-à-dire du jour où il s'était réveillé, le corps ankylosé et grelottant, dans une cabine de la plage.

Puis le lit de l'infirmière, les draps qui gardaient son odeur fade...

Puis Hélène et...

En tout cas, on était mardi, puisque c'était le jour de M. Papelier et de son complet de tussor ! Le jour aussi des tripes chez Polyte !

Désiré s'était trompé en croyant que Vladimir avait beaucoup dormi. Peut-être n'avait-il dormi que quelques minutes, vers la fin. Le reste du temps, les yeux fermés, sensibles pourtant au carré lumineux de l'écoutille, il avait vogué dans d'autres paysages, tous ensoleillés, tous ayant le même relent de sieste un peu fiévreuse, comme ce jardin où un jour qu'il était petit et qu'il avait la grippe, il s'était endormi la tête en plein soleil et que sa mère...

151

En se passant la main sur les joues, il s'aperçut qu'il n'était pas rasé, mais il n'eut pas la patience de le faire. Il s'habilla à peine : des espadrilles, son pantalon blanc déjà chiffonné, son tricot à rayures.

Au lieu de le reposer, cette sieste l'avait fatigué davantage et il avait l'estomac barbouillé, les membres gourds.

Des pas sur le pont : c'était encore Désiré.

— Je vais me faire attraper..., s'inquiétait-il.

— J'arrive !

Vladimir ne savait pas encore qu'il allait se passer quelque chose, que les minutes qu'il vivait étaient les dernières de cette sorte-là. Quand il fut sur le pont, il chercha Hélène des yeux, n'aperçut que son fauteuil transatlantique sur lequel un livre était posé.

Mais il entendit des voix dans le salon. Il se pencha, reconnut Mlle Blanche, toujours elle, et s'éloigna en soupirant.

— Attendez-moi ! Il faut que je boive quelque chose !

L'adjoint, justement, était chez Polyte. Vladimir commanda un whisky, pour se remettre.

— ... À propos, je n'ai toujours pas les papiers de votre camarade... J'ai besoin de sa nouvelle adresse, pour son changement de domicile...

Vladimir le regarda calmement, comme s'il eût déjà prévu que désormais tout cela n'était plus que vain bavardage.

— Il ne vous a pas écrit ?

— Non, fit Vladimir, de la tête, en détaillant

Lili dont c'était le jour de sortie et qui portait une robe de couleur.

Elle avait pleuré, l'idiote ! À cause de lui. Elle ajustait son chapeau, devant la glace, et elle le faisait exprès de prendre une expression tragique. À croire qu'elle allait se jeter à l'eau, elle aussi...

— Encore un whisky...

Désiré klaxonnait pour le rappeler à l'ordre. Vladimir alla s'asseoir à côté de lui et ses yeux bleus étaient plus clairs que jamais, presque transparents.

— Vous savez qu'elle a mis l'infirmière à la porte ?

L'auto roulait. La plage défilait sur la gauche, et la mer soyeuse, piquetée de têtes de baigneurs.

— Pourquoi ?

— Parce qu'elle s'est absentée à midi sans permission. « Elle » recommence une neuvaine.

Des bribes de tout ce qu'il avait vu tout à l'heure, les yeux clos, lui collaient à la rétine. Il lui semblait qu'il reniflait encore l'odeur épicée de Constantinople et il eut envie d'un verre de *raki*, l'alcool de là-bas, mais il savait qu'il n'en trouverait pas à Cannes.

L'auto stoppa devant le perron de la villa.

— Ce n'est pas trop tôt ! cria, du balcon, Jeanne Papelier.

Vladimir gravit l'escalier, lentement, avec une désinvolture nouvelle.

— Qu'est-ce que tu faisais ? lui demanda-t-elle en le fixant de ses yeux humides.

— Je dormais.

— Tout le monde dort, alors ? Edna a bu un

verre ou deux après déjeuner et elle est dans son lit ! Assieds-toi ! Sers-moi un whisky...

Il y avait tout ce qu'il fallait sur la table : le whisky, le seau à glace, les siphons... Jeanne, qui avait dû faire la sieste, ne s'était pas recoiffée et son peignoir était entrouvert sur une chemise de nuit d'un rose douteux. Sa jambe gauche, alourdie par la gouttière de plâtre, reposait sur un tabouret.

— Qu'est-ce que tu as ? questionna-t-elle en l'observant.

— Moi ? Rien...

— Je m'ennuie, Vladimir !... Tout le monde est méchant avec moi... À midi, j'ai dû renvoyer mon infirmière, qui est tout le temps dehors sans me prévenir... Quant à Edna, je vais te dire : c'est une garce ! J'avais bien fait, l'autre fois, de la mettre à la porte...

Vladimir n'était pas attentif aux mots, mais au son de cette voix cassée qui semblait attenter à la pureté de l'atmosphère.

Il y a ainsi, de temps en temps, un soir exceptionnel, où tout est d'une qualité rare : les couleurs, le goût de l'air, sa densité, et jusqu'au rythme de la vie.

Là-bas, à l'horizon, la mer n'était pas bleue, mais d'un vert argenté et, des jardins des villas proches, c'était comme une paix parfumée qui s'exhalait en silence.

Du côté de la ville, la fumée épaisse d'un train, son halètement... Un train qui ne partait pas... Ce halètement impatientait Vladimir, qui attendait avec angoisse que le convoi s'ébranlât enfin.

— Sais-tu ce qui arrivera, si cela continue ? Je mettrai tout le monde à la porte !... Oui ! cela arrivera un jour... Et alors, je vivrai seule, comme une vieille femme. Il ne me manquera qu'un affreux petit chien et un perroquet...

Au lieu de protester, Vladimir la regarda avec attention et eut l'air de l'approuver.

Une vieille femme, c'en était déjà une. Qu'est-ce qui la distinguait, sinon son argent, de ces vieilles qui, dans des logements malpropres, se tirent les cartes, préparent la pâtée d'un chat galeux et boivent, solitaires, jusqu'à tomber ivres mortes sur leur paillasse ?

— Tu me vois avec un chien et un perroquet, Vladimir ? s'écria-t-elle en s'efforçant de rire.

Elle venait de se faire peur à elle-même. Elle avait été trop loin. Et surtout Vladimir avait eu tort de ne pas se récrier !

— Tu ne dis rien ? Mais, mon pauvre vieux, si je faisais cela, n'oublie pas que tu en serais aussi ! Oui, toi ! Ce n'est pas la peine de faire ton regard transparent... Verse-moi à boire...

Il restait de l'angoisse dans ses yeux. Elle ne voulait pas voir le paysage. Le jardinier ratissait l'allée du jardin et elle dit à Vladimir :

— Fais-le rester tranquille. Il me met les nerfs à nu.

Vladimir se pencha sur la balustrade pour crier cet ordre au vieux qui, indifférent, s'attela à sa brouette. On ne savait jamais ce qu'il faisait. Le savait-il lui-même ? Tantôt il grattait la terre d'un massif et tantôt il promenait des pots de fleurs sur sa brouette...

— Assieds-toi. Tu ne vois pas que tu m'exas-
pères ?

La sieste lui avait chaviré l'estomac, à elle
aussi. Elle esquissait une grimace à chaque gorgée
de whisky qu'elle avalait.

— Qu'est-ce que tu as fait, la nuit dernière ?

— Rien.

— Tu ne veux pas me l'avouer ? Tu crois que
je n'ai pas remarqué ton manège avec la petite du
bistro ?

Il sourit avec une féroce ironie.

— Oh ! ne crois pas que je sois jalouse... Tu
peux courir après les gamines... Il faudra quand
même que tu viennes me retrouver... Ose dire le
contraire !...

Non ! il ne dit pas le contraire, mais il la regarda et, si elle avait surpris ce regard, elle eût
peut-être changé de conversation.

— Sais-tu ce que mon mari me disait ce matin ? Il disait avec sa voix douce et tranquille :

« *Vous devriez faire attention, Jeanne... Vous
êtes plus jeune que moi, certes... mais, dans quelques années, vous vous sentirez vieille et vous serez toute seule...* »

Vladimir la regardait toujours.

— Eh bien ! je lui ai répondu :

« *Il me restera Vladimir... Nous passerons le
reste de notre existence à boire et à nous disputer...* »

Il alluma une cigarette, jeta un coup d'œil sur
la mer.

Pourquoi, aujourd'hui, ses rêveries de l'après-
midi refusaient-elles de le quitter ? Il était là, sur

la terrasse de pierre rose, près de Jeanne qui avait rarement été aussi laide. Il l'écoutait, et pourtant il était ailleurs aussi, dans des tas d'endroits, à Moscou, au gymnase, un jour qu'à la récréation il s'était couché de tout son long sur une pierre chaude et avait passé des minutes à regarder graviter une bête à bon Dieu... À bord de l'*Elektra*, où il voyait Hélène dans son fauteuil transatlantique, le livre éclatant de blancheur sur les genoux.. Et toujours Constantinople, les rues étroites, mal pavées, où il déambulait avec Blinis... Paris, où ils avaient débarqué un matin de printemps et où, pour la première fois de sa vie, dans un bistro qu'il reconnaîtrait entre cent mille, il avait mangé un croissant...

La voix continuait :

— Il paraît que mon grand-père, quand il était vieux, ne quittait plus son fauteuil. Le soir, mes frères devaient se mettre à deux pour le porter dans son lit. Lui s'était mis à les détester, parce qu'il avait besoin d'eux. Il avait une peur maladive de les voir partir se marier, car il était persuadé qu'on le laisserait mourir dans son fauteuil...

Elle rit. Elle but.

— Mais toi, tu ne te marieras pas. Tu es trop lâche ! Tellement lâche que, pour rester, tu n'as pas hésité à sacrifier ton ami Blinis... Qu'est-ce que tu as ?... Ce n'est pas un reproche !... C'est peut-être la seule décision que tu aies prise de ta vie...

Il se leva.

— Où vas-tu ?

— Nulle part.

Il se servait à boire. Il n'essayait pas de la faire taire. Peut-être souhaitait-il qu'elle continuât, qu'elle devînt plus précise encore ?

Et ses yeux étaient toujours plus clairs, clairs comme la mer, ce matin, quand il s'était réveillé devant la plage déserte et froide.

Tout était vraiment exceptionnel dans cette journée-là, mais voilà seulement qu'il s'en avisait. Il n'était pas rasé. Il avait l'air d'un vagabond. Depuis la scène du matin, avec Hélène, sa poitrine restait oppressée.

Et voilà que Jeanne choisissait ce crépuscule lénifiant pour parler, parler sans fin, comme elle le faisait quand elle était ivre.

— Je me souviens d'avoir lu – c'était sans doute un roman ! – l'histoire de deux complices qui se détestaient, mais qui ne pouvaient plus se passer l'un de l'autre... Assieds-toi, Vladimir !... Nous sommes de vieux complices aussi... Tout à l'heure, je te dirai de coucher dans mon lit et tu le feras... Voilà la vérité !... Tu bois encore ?

— Je bois !

— Tu penses à la Russie ?

Elle rit, d'un rire injurieux.

— C'est pratique, la Russie ! Toi, quand tu bois, quand tu pleures, quand tu racontes des bêtises, quand tu es sale et lâche, tu peux toujours déclamer :

« *Je pense à la Russie*...

« Mais tu serais le même sans la Révolution, tu le sais bien ! Est-ce que j'ai connu la Révolution, moi ? Non. Nous sommes à part, voilà tout ! On

158

ne peut pas vivre avec les autres... Ils ne veulent pas de nous et nous ne voulons pas d'eux... Tiens ! cette infirmière... J'en arrivais à la détester, rien qu'à cause de son visage pâle et grave...

» Veux-tu que je te dise ? À toi, cela n'a pas d'importance... Il y a des moments où je me demande si je ne déteste pas ma fille aussi...

» Elle n'a pas de défaut ! Elle est sûre d'elle ! Elle regarde le monde comme si elle n'avait pas besoin de lui ! Elle ne me demande rien, se contente de m'embrasser au front quand j'arrive et quand je pars...

» N'empêche qu'il lui arrivera peut-être, à elle aussi, de se saouler la gueule..

Elle leva la tête, s'étonna :

— Qu'est-ce que tu fais ?

Au lieu de rester assis à sa place, il était allé s'accouder à la balustrade et lui tournait le dos, il feignit de ne pas avoir entendu.

— Vladimir !... Viens ici !...

Elle avait tort. Le plus étrange, c'est qu'elle le sentit obscurément et que sa voix trahit une vague angoisse.

— Vladimir !...

Il se retourna et elle fut saisie de l'expression de son visage. Jamais Vladimir n'avait été aussi calme en apparence. On eût dit que ses traits étaient reposés, sa chair moins bouffie. Il y avait dans ses yeux quelque chose de cette assurance qu'elle reprochait à sa fille.

— Qu'est-ce que tu as ?

Il s'assit docilement. Elle se pencha pour mieux

le regarder et elle aperçut deux perles liquides au
bout des cils.

— Tu pleures ?

Non ! Il rit ! D'un petit rire sec. Puis il prit la
bouteille de whisky et but à même le goulot.

— Vladimir... Tu m'as fait peur...

Il souriait, maintenant, d'un sourire qu'elle ne
lui connaissait pas. Le soleil était couché et les
derniers rayons verdâtres s'étiraient sur la mer.
C'était le même crépuscule que le premier soir
qu'il avait passé à bord d'un bateau de guerre, en
rade de Sébastopol, à écrire une longue lettre à
sa mère.

— Tu es fâché ? Il ne faut pas m'en vouloir...
Tu sais que je ne suis pas heureuse... C'est bête à
dire !... Mais tu me connais, toi !... Il n'y a que
deux hommes à me connaître, toi et Papelier...
Lui me connaît si bien qu'il préfère vivre en paix
à Nice et venir me voir une fois par semaine...

Vladimir regarda ses mains.

— Mais qu'est-ce que tu as ? s'écria-t-elle.

Ce qu'il avait ? Ah ! si elle avait pu le deviner !
Ce qu'il avait ? Eh bien, un instant plus tôt,
quand il était accoudé à la balustrade et qu'il contemplait le jardin où l'ombre s'épaississait derrière les arbustes, il avait pensé, soudain, que la
solution était toute simple.

Le monde était calme. L'univers entier, silencieux, s'engourdissait dans le crépuscule. Il n'y
avait qu'une voix discordante qui s'obstinait à
faire vibrer l'air transparent.

Une femme grimaçait derrière lui, étendue sur

sa chaise longue, la jambe gauche dans une gouttière de plâtre...

Ce serait si facile ! Il la tuait et cela ne faisait pas plus de remous qu'un caillou jeté dans l'eau calme... Quelques ronds qui s'élargissaient, se perdaient dans l'immensité...

Et c'était fini ! Tout était fini ! Comment n'y avait-il pas encore pensé ?

Tout serait propre, comme avant ! Il irait chercher Blinis. Ils continueraient leur vie d'autrefois et, le soir, ils feraient marcher le petit phono qu'ils avaient acheté à eux deux...

— Tu ferais mieux de ne plus boire...

Il but, exprès, une nouvelle gorgée.

— Donne-moi la bouteille...

Ce n'était pas pour boire à son tour. C'était pour la casser en la lançant par-dessus la balustrade. Alors Vladimir, toujours calme, mais la démarche maladroite, traversa la chambre qui était vide et obscure, descendit à l'office, prit une autre bouteille dans le frigidaire.

Il y avait, sur les petits blocs de glace, un outil très pointu. Il le regarda un instant, mais ne le prit pas.

— Vladimir..., chuchota une voix comme il remontait.

C'était Edna, en peignoir, qui entrebâillait la porte de sa chambre.

— Elle m'en veut toujours ?

Edna ne comprit pas pourquoi, au lieu de répondre, il souriait comme les enfants sourient aux anges.

L'instant d'après, il se rasseyait dans son fauteuil d'osier, près de Jeanne Papelier, et il se mettait posément à boire.

« Si ton œil est un objet de scandale, arrache-le et jette-le loin de toi... »

Comment n'avait-il jamais pensé à cela ? Il se souvenait de l'Évangile, de l'Ecclésiaste. Dans quoi disait-on que le seul crime sans pardon est de scandaliser un petit enfant ?

L'autre parlait, à côté de lui ! C'était inouï, mais elle parlait ! Peut-être son inquiétude grandissait-elle ?

— Écoute, mon petit Vladimir... Si tu veux, quand ma patte sera guérie, nous ferons un voyage, tous les deux... Nous pourrions aller en Suisse, très haut, là où il n'y a plus que de la neige et où l'air est limpide...

Il avait envie de lui répondre :

— Trop tard !

Et il souriait toujours. Il lui semblait qu'il distillait la paix de cette soirée. Il revoyait Blinis et Hélène dans le salon du yacht, devant la table où s'étalaient les cartes à jouer. Blinis riait, riait comme l'enfant pur de l'Écriture. Il mentait comme mentent les enfants ! Il désirait Hélène comme un enfant désire un jouet...

— Donne-moi à boire !

Il la servit. Elle le regarda de bas en haut, lui debout, elle à demi couchée.

— Tu m'en veux de ce que je t'ai dit tout à l'heure ?

— Qu'est-ce que tu m'as dit ?

Le plus étonnant c'est qu'il prononça ces mots en russe, employant le tutoiement russe ! Elle comprenait, car il lui avait appris quelques bribes de sa langue.

— ... que tu étais trop lâche pour me quitter...

— Non !

— Tu pourrais me quitter, travailler comme tout le monde, vivre comme les gens qu'on croise dans les rues ?

Tout à l'heure, oui ! Il pourrait tout !

– Sais-tu, Vladimir, que je t'aime plus que si tu étais mon fils ?

La phase gémissante commençait. Toutes ses ivresses suivaient un cours identique. Elle n'allait plus tarder à pleurer.

— Quand j'étais petite, je voulais être blanchisseuse. Tu vois que je n'avais pas d'ambition ! J'avais envie d'étendre des linges blancs sur l'herbe des vergers, de faire mousser du savon entre mes mains, manches haut troussées...

Il ne la regardait pas.

— Tu veux rentrer ? demanda-t-elle en se tournant vers la chambre noyée d'ombre.

— Non...

Non ! c'était mieux dehors. Ce ne serait probablement plus très long. Il ne savait pas lui-même ce qu'il attendait. Il pensait que le matin, en s'éveillant dans la cabine de bains, il ne soupçonnait pas ce qui allait arriver.

Et Lili ? Elle devait être au cinéma. Elle ne se doutait de rien.

Ni personne...

— Au fond, les plus heureux sont ceux qui ne pensent pas...

Il soupira avec lassitude. Elle parlait trop ! C'étaient chaque fois les mêmes phrases. On alluma, en bas, dans le salon, sans doute Edna qui était descendue.

— Promets-moi que tu ne me quitteras jamais, mon petit Vladimir...

Il s'était levé encore une fois. Il hésitait. Déjà les rides de Jeanne Papelier s'effaçaient dans la pénombre, mais il y avait de l'angoisse plein ses yeux.

— Qu'est-ce que tu fais ?

Il s'avançait vers elle, simplement. Son visage était celui d'un fou ou d'un illuminé. Il venait de voir, dans le ciel clair où on sentait encore le soleil percer, une lune argentée.

— Vladimir !...

Elle s'efforçait de rire. Elle s'efforçait aussi de reculer, mais elle était arrêtée par le dossier de la chaise longue.

— Qu'est-ce que tu as ?... Qu'est-ce que je t'ai fait ?...

Il était tout près, encore plus près, et soudain il faisait un mouvement brusque, saisissait le cou de Jeanne Papelier entre ses mains fébriles.

Il n'y eut pas un cri. Seulement un petit bruit ridicule, comme si elle eût été sur le point de vomir. Il dut détourner la tête, car elle le regardait avec des yeux qui commençaient à sortir des orbites et il avait horreur de la douleur physique.

Il tremblait de tous ses membres. La panique lui montait à la gorge. Ce qui lui faisait le plus mal, c'était l'idée qu'elle souffrait et il se demandait combien de temps elle mettrait à mourir.

Les jambes remuaient convulsivement, même la jambe à la gouttière. Vladimir ne sentait plus ses doigts. Ses pouces s'endolorissaient. Il lui sembla enfin que le corps mollissait et il lâcha prise.

Mais alors, après une seconde d'immobilité, la tête bougea encore et, affolé à l'idée que Jeanne allait souffrir à nouveau, il prit un siphon sur la table, en frappa un coup violent sur les cheveux décolorés.

Le siphon ne cassa pas ! Vladimir respira profondément, repoussa la bouteille qui le tentait, se dirigea enfin en zigzaguant vers l'escalier.

C'était bien Edna qui était au salon. En entendant du bruit, elle entrouvrit la porte sur l'obscurité du couloir.

— C'est vous, Vladimir ? que se passe-t-il ?

— Rien.

— Elle va descendre ?

— Pas tout de suite.

— Vous partez ?

Il fut incapable de répondre. Il franchit le perron, traversa le jardin, referma violemment la grille derrière lui.

C'était fini ! Il marchait dans la rue en pente ! Il marchait vers les lumières de Cannes et il était délivré !

Ce qu'il fallait, maintenant, c'était recommencer, recommencer au point où il en était avant

Jeanne : retrouver Blinis, travailler avec lui comme garçon de café ou comme n'importe quoi, redevenir deux pauvres bougres qui font jouer leur phonographe...

— Tu sais ! C'est fini !... Fini !... crierait-il à Blinis en l'apercevant.

Et, comme Blinis ne comprendrait pas, il ajouterait, tout à fait calme :

— Elle est morte !... Je l'ai tuée !...

Il faillit entrer dans un bistro, mais il se domina. Non ! Il n'avait plus besoin de boire. Il ne devait plus boire.

Quand il cessa de marcher, il était à l'arrêt des autobus faisant le service avec Golfe-Juan. Il hésita une seconde. Il n'avait pas encore le sentiment de son insécurité. Il ne s'inquiétait même pas de savoir si on allait trouver le corps.

Il prit l'autobus, descendit en face de chez Polyte et rendit son salut à Tony qui prenait l'apéritif à la terrasse. Puis il se ravisa, fit deux pas en arrière.

— Quelle heure est-il ?

— Presque neuf heures.

— Merci.

Tony le suivit des yeux sans pouvoir deviner la vérité. Le salon du yacht était éclairé. L'infirmière était encore là. Les deux jeunes filles, assises l'une en face de l'autre, bavardaient à mi-voix. Elles levèrent la tête pour savoir qui passait sur le pont et ne s'en inquiétèrent plus.

Une fois dans le poste, Vladimir tira de dessous sa couchette le seul complet civil qu'il possédât, un complet gris un peu étroit, car il l'avait acheté en confection alors qu'il était en Allemagne.

Il eut un sourire sarcastique quand il tomba en voulant mettre son pantalon, car cela prouvait qu'il était encore ivre.

Quelle importance cela avait-il désormais ? Allait-il entrer dans le salon et annoncer aux jeunes filles que tout était fini, qu'elles n'avaient plus besoin de se faire du mauvais sang ?

Elles le virent passer à nouveau. Peut-être remarquèrent-elles qu'il était habillé d'une façon anormale ?

Il n'avait rien à faire chez Polyte, mais il entra néanmoins et tout le monde le regarda avec étonnement, car on ne l'avait jamais vu en civil.

— Vous partez en congé ?

Il rit, contempla la place où Lili se tenait d'habitude mais où elle n'était pas ce soir-là.

— Je vais retrouver Blinis ! annonça-t-il.

— Il est toujours dans le pays ?

— Peut-être...

Il partit là-dessus, tint un bon moment la poignée de la porte.

Là-haut, sur la terrasse des *Mimosas*, Edna, qui s'était décidée à monter, hurlait de toutes ses forces en appelant au secours.

Une demi-heure plus tard, seulement, le commissaire de police arriva et, à ses questions, tout le monde répondait :

— Vladimir...

Jeanne Papelier était restée seule avec Vladimir. Vladimir était parti.

— Qui est-ce, Vladimir ?

— Un Russe...

— Mais encore ?

— Il s'occupait du bateau...

Quand deux inspecteurs montèrent à bord, conduits par Désiré, ils prononçèrent le même mot devant les jeunes filles interloquées.

— Vladimir ?...

— Il vient de sortir... Que se passe-t-il ? Qu'est-ce qu'il a fait ?...

— Il a tué Mme Papelier...

Edna ne voulait pas coucher dans la villa. M. Papelier n'avait pas le téléphone, et on avait envoyé la voiture à Nice pour le prévenir.

C'était un inspecteur de garde qui, à la cuisine, vidait la bouteille de whisky entamée en écoutant les confidences du maître d'hôtel.

— Cela devait finir ainsi !...

Pourquoi ? Le domestique aurait été bien en peine de le dire. Catégoriquement, il n'en continuait pas moins d'affirmer :

— Cela devait finir ainsi !...

Poussé par l'obscur besoin d'agir comme Blinis, Vladimir avait attendu, sur un banc, à la gare... Puis il avait pris un train qui passait à Toulon.

Seulement, en y arrivant, il vit par la portière des gendarmes qui examinaient les voyageurs.

Ainsi qu'il le faisait jadis avec Blinis, au temps où ils voyageaient sans billet, il sortit à contre-voie, découvrit un fourgon ouvert et s'y faufila, s'étendit derrière une pile de malles et de caisses.

Le train siffla, le convoi s'ébranla et Vladimir, qui avait entendu refermer la porte du fourgon, alluma une cigarette, s'assit sur un coffre et respira profondément.

Il lui sembla qu'il recommençait à vivre.

CHAPITRE IX

Justement on avait encore parlé de lui ce soir-là. La partie de belote avait fini plus tôt que d'habitude. On avait hésité à en commencer une autre. Maintenant que l'été était fini, chacun commençait à en avoir assez de se coucher à deux ou trois heures du matin. Polyte surtout, qui devait être debout à six heures.

Le café avait repris sa physionomie d'hiver, bien qu'on ne fût qu'en octobre. Le poêle n'était pas encore allumé et pourtant, d'instinct, chacun, pour bavarder, prenait sa place près de lui.

Encore quelques jours et on rentrerait définitivement la terrasse.

— Je vais me coucher, moi, murmura l'Italien en se levant lourdement. Demain matin, il faut que j'aille à Nice...

Il y avait là l'adjoint, Tony, Polyte, ainsi qu'un nouveau venu, un rentier qui venait d'acheter un pavillon neuf près de la gare. L'Italien ouvrit la porte et remarqua :

— Tiens ! il pleut, à présent...

Il tombait en effet une pluie fine et déjà fraîche comme de la rosée.

— Prends le ciré de Vladimir ! cria Polyte.

Car, depuis trois mois, le ciré noir de Vladimir était toujours là, pendu au même clou. Chaque fois qu'il pleuvait, c'était devenu une tradition de dire :

— Prends le ciré de Vladimir !

On le prenait. On le rapportait le lendemain. Il servait ensuite à un autre.

— On ne l'a quand même jamais retrouvé, ce-lui-là, remarqua l'adjoint en bourrant sa pipe. Tiens ! il n'y a qu'à parler de lui pour que Lili tende l'oreille.

— C'était un drôle de type ! fit Tony.

— Toi, tu n'as pas à te plaindre. Si ça avait continué, tout ce qu'il y avait à bord de l'*Elektra* passait sur ton bateau...

Polyte devait dire son mot aussi.

— Je n'ai jamais compris pourquoi il l'a tuée...

— Ils étaient saouls tous les deux, parbleu. Ils ont dû se battre comme chien et chat... Le chauf-feur m'a avoué une fois que, lorsqu'ils se dispu-taient, c'était pire que des charretiers... Et la vieille avait un de ces vocabulaires...

— Tu sais ce qu'on m'a raconté ? Qu'elle a ga-gné son argent en tenant des « maisons »...

— Ce n'est pas vrai, trancha l'adjoint. J'ai vu ses papiers, moi ! D'abord, en divorçant avec Leblanchet, elle a touché une forte somme. Quant à son dernier mari, Papelier, c'est l'un des plus gros propriétaires du Maroc et de l'Algérie... C'est par Leblanchet, justement, qu'il a obtenu les concessions au moment où on en donnait encore, puis il s'est occupé des travaux du port de Casablanca...

Machinalement, Polyte tripotait le siphon posé sur la table et il finit par se lever à son tour en soupirant :

— Je n'aurais quand même pas pensé ça.

Il était fatigué. Un quart d'heure plus tard, l'adjoint rentrait chez lui et les volets étaient fermés.

— Rappelle-moi que je commande la bière demain matin, Lili ! fit Polyte avant de monter se coucher.

Lili avait sa chambre au rez-de-chaussée. C'était un petit réduit, après la cuisine, et la fenêtre ouvrait sur la cour. Comme il n'y avait pas de persiennes, elle était obligée d'éteindre pour se déshabiller et elle ne faisait de la lumière qu'une fois en chemise de nuit.

La chambre était chaude, à cause de la cheminée qui passait dans le mur entre elle et la cuisine.

Il en fut, ce soir-là, comme des autres. Lili ralluma, se campa devant le miroir pour arranger ses cheveux. Polyte se fâchait régulièrement parce que, rentrée chez elle, elle en avait pour une demi-heure à user de l'électricité.

— Qu'est-ce que tu peux bien faire ? répétait-il.

Rien ! Mais c'était le seul moment de la journée qu'elle passait derrière une porte close, avec l'impression d'être chez elle. Elle se regardait dans le miroir. Elle se brossait les dents, rangeait son linge sans se presser, puis, une fois couchée, elle lisait un journal quelconque, voire un morceau de journal, pour le plaisir de rester éveillée.

Avant de s'endormir, elle ouvrit la fenêtre, comme d'habitude. Puis elle tourna le commutateur, soupira en remontant la couverture sur son menton.

Il dut s'écouler un certain nombre de minutes, car elle eut l'impression qu'un bruit la réveillait. C'était un bruit léger, un craquement. Elle ouvrit les yeux, sans bouger, distingua une silhouette de l'autre côté de la fenêtre.

Elle n'osa pas crier. Elle attendit, raide à force d'immobilité.

— Lili !... souffla une voix.

L'homme écartait en même temps les battants de la fenêtre, enjambait l'appui et poursuivait :

— N'aie pas peur !... C'est moi... Il faut que je te parle...

Elle avait reconnu la voix de Vladimir et elle s'était assise sur le lit, les deux mains sur sa poitrine. Il s'avançait encore un peu et, petit à petit, Lili s'accoutumait à la pâle lueur qui venait du dehors.

— Vous !... balbutia-t-elle machinalement.

— Chut !... Ne bouge pas... Polyte pourrait nous entendre...

— Il a changé de chambre, prononça-t-elle alors. Il dort sur le devant...

Elle ne put résister au désir de tourner le commutateur qui était à portée de sa main. Les paupières de Vladimir battirent. Lili jaillit de son lit, pieds nus, pour être debout contre lui. Elle le re-

173

garda ardemment et elle se demanda ce qu'il avait de changé.

Maintenant que ses yeux s'étaient accoutumés à la lumière, il souriait, d'un sourire humble, comme pour s'excuser de l'avoir effrayée.

— N'ayez pas peur... J'avais besoin de savoir certaines choses...

Elle remarquait seulement qu'il était en salopette bleue, que ses mains n'étaient plus soignées comme par le passé. Son visage aussi était transformé. Elle eût juré qu'il avait grossi, qu'il était mieux portant.

— Il y a longtemps que vous êtes dans le pays ?

— Je suis arrivé avec le cirque ! dit-il simplement.

— Le cirque qui est à Antibes ? Et je ne vous ai pas vu !

Le matin même, comme on l'avait envoyée en course à Antibes, elle était restée près d'une heure à regarder une vingtaine d'ouvriers monter un immense chapiteau de toile. Sur la place, il y avait plus de quarante roulottes et camions automobiles d'où montaient de rauques cris d'animaux. Dans une odeur de crottin et de fauve, des hommes, en salopette bleue comme Vladimir, accomplissaient un travail titanesque.

Elle s'était avisée que la plupart étaient étrangers. L'armature du chapiteau, qui pouvait contenir cinq mille personnes, d'après les prospectus, se montait à une vitesse qui tenait du miracle.

Et elle se souvenait de ces ouvriers qui grimpaient tout là-haut avec une précision prodigieuse, marchaient le long d'étroites poutres, s'envoyaient à bout de palans d'énormes pièces de bois ou de fer.

Elle n'avait pas reconnu Vladimir !

— Vous êtes avec le cirque ! répéta-t-elle pour elle-même.

Voilà pourquoi il avait changé ! Voilà pourquoi il avait les mains sales, le visage hâlé et cette curieuse démarche !

Il lui souriait toujours.

— Oui... J'ai eu de la chance... Un camarade russe m'a prêté des papiers et on m'a embauché... Nous avons déjà fait tout le Sud-Ouest... Maintenant, on doit remonter par Grenoble et la Suisse...

Lili avait décroché son manteau. Elle le passait sur sa chemise sous laquelle transparaissait son corps enfantin, dont seuls les seins faisaient un corps de femme. Elle rougit sous le regard de Vladimir qui, pour s'excuser, sourit de plus belle.

— Vous n'avez pas peur ?

Il eut tort de dire cela. Pas un instant elle n'avait pensé qu'il avait tué la vieille et maintenant, si elle n'avait pas peur, elle s'écartait de lui, en proie à un malaise.

— Qu'est-ce que vous vouliez me demander ?

— Est-ce qu'il y a encore quelqu'un à bord ?

— Non ! La demoiselle est partie après l'enterrement et a tout fermé. Tony proposait qu'on lui laissât les clefs, pour pouvoir aérer les cabines et faire le nécessaire en cas de mauvais temps, mais elle n'a pas accepté.

Elle remarqua encore que des outils dépassaient de la poche de la salopette. Puis, voyant du linge sur une chaise, elle s'arrangea pour le faire disparaître d'un geste furtif, en le lançant derrière un meuble.

— Écoute, Lili...

Il ne savait plus si, jadis, il la tutoyait ou non.

— Essaie de te souvenir... N'aie pas peur de dire la vérité... Il me restait à bord quelques vieux vêtements que je n'ai pas emportés... Tu ne sais pas si Tony les a pris ?

— Je suis sûre que non ! répondit-elle sans hésiter.

— Comment le sais-tu ?

— Parce que je me souviens que Tony était furieux... La demoiselle ne le laissait même plus monter à bord... C'était surtout l'autre, l'infirmière, qui écartait tout le monde... Parce que, il faut bien le dire, il y avait foule à ce moment et, du matin au soir, des gens s'arrêtaient devant le bateau, prenaient des photographies, se faufilaient sur le pont...

— Qu'est-ce qu'elles sont devenues ?

— Elles sont parties... On dit que les *Mimosas* sont à vendre... Quant aux deux demoiselles, il paraît qu'elles vivent près de Melun, à la campagne, chez la mère de l'infirmière...

Alors qu'au début Lili regardait Vladimir dans les yeux, elle s'intimidait à mesure que le temps passait et ne savait où se mettre.

Peut-être s'était-elle attendue à autre chose ? Il était là comme chez une camarade. Même pas ! Il était là pour se renseigner et il le faisait aussi nettement et aussi vite que possible.

176

— Tu ne connais pas le nom du village ?

— Non... C'est un locataire qui nous en a parlé, un jeune homme de Melun, justement, un docteur, qui a passé un mois ici... C'est depuis qu'il est parti que Polyte a pris la chambre de devant... D'après lui, la demoiselle va avoir un enfant...

Elle s'épouvanta soudain devant l'air réjoui de Vladimir. Elle n'avait jamais pensé à cela !

— Vladimir !... Est-ce que... ?... C'est... c'est vous qui... ?

Elle reculait. Et lui souriait toujours, secouant la tête.

— Chut !... Non ! ce n'est pas moi !... C'est Blinis !...

— Blinis ?

Elle ne comprenait plus. Elle était déroutée.

— Chut !... Maintenant, il faut que j'aille à bord...

— Mais tout est fermé !

Il montra les outils qui dépassaient de sa poche, ainsi qu'une petite lampe électrique.

— Merci, Lili !

Il leur sembla à tous deux entendre des bruits dans la maison. D'un mouvement preste, Lili tourna le commutateur. Un moment ils restèrent immobiles dans l'obscurité qui, petit à petit, devint moins dense à leurs yeux.

— Adieu, Lili !

Il lui tendait la main. Elle ne savait que faire. Mais il avait tant d'autorité qu'il attira son visage vers lui et déposa un baiser sur son front.

— Merci, Lili.

Il allait enjamber l'appui de fenêtre.

— Vladimir !

Il s'immobilisa.

— Pourquoi avez-vous fait ça ?

Il hésita. Puis il haussa les épaules.

— Chut !... Dors vite, Lili...

Sans bruit, il traversa la cour. Elle le vit grimper sur une vieille caisse, effectuer un rétablissement et passer par-dessus le mur qui séparait la cour d'une venelle.

Au même instant, il y eut des pas dans la cuisine. La porte s'ouvrit. Polyte, en pyjama, regarda autour de lui.

— Qui est-ce qui était ici ?

— Personne, affirma-t-elle.

Il ne la crut pas, jeta un coup d'œil au lit défait.

— Écoute, Lili... Ne mens pas !

— Je jure que je ne mens pas !

— Tu sais bien ce que je t'ai dit...

— Oui... oui..., gémit-elle, tremblante.

Elle avait peur, maintenant. Polyte, depuis longtemps déjà, avait voulu lui faire la cour. Elle l'avait repoussé. Il s'était aperçu qu'elle était sage.

— J'accepte de te laisser tranquille, mais à une condition : que ce ne soit pas un autre qui en profite...

Cette nuit, il l'observait, indécis, louchait vers les draps tièdes, vers la chemise de nuit sous le manteau entrouvert.

— Laissez-moi..., gémit-elle. Ou alors, je vais crier...

178

Il fut une bonne minute à se balancer d'une jambe sur l'autre sans prendre de décision et enfin il se retira en grognant.

— On verra ça demain !

Vladimir avait atteint l'endroit de la jetée où l'*Elektra* était amarré. Mais on avait retiré la passerelle et le bateau se trouvait séparé du quai par quatre mètres environ.

Il pleuvait toujours. De la place où il était, Vladimir pouvait voir, du côté d'Antibes, un coin de ciel plus lumineux, là où la fête battait son plein dans le cirque. À l'entrée de la piste, sur deux rangs, ses compagnons, qui avaient revêtu la livrée bleue à boutons d'or, donnaient une solennité de pacotille à l'entrée des artistes.

Il aurait dû y être aussi. Il y avait fatalement un vide dans le rang.

Pendant ce temps-là, doucement, il dénouait l'amarre d'un petit bateau de pêche, sautait à bord, poussait l'embarcation vers l'*Elektra*.

Tout était mouillé, le pont, les amarres. Un train passa derrière Golfe-Juan, longea la mer dans laquelle les lumières se reflétaient comme des feux follets.

L'écoutille d'avant n'était fermée que par un cadenas, et la lime mordait l'acier ; le cadenas, après quelques minutes, se trouva coupé en deux.

En bas, seulement, Vladimir alluma sa lampe électrique, respira une odeur fade qui était déjà une odeur de moisissure. Sur sa couchette, on avait jeté pêle-mêle de vieux cordages. Par terre, il y avait encore une paire d'espadrilles qui lui appartenaient.

Il ne s'occupa pas d'un tricot rayé mais, par contre, il se jeta sur un pantalon de toile blanche qu'il finit par découvrir sous les planches.

Il en fouilla les poches. De celle de gauche, il retira cinq billets de mille francs froissés, les cinq mille francs qu'Hélène lui avait remis, certain matin, pour le décider à l'aider.

C'est ce qu'il cherchait. Son expédition était terminée. Il aurait pu, maintenant, passer par la salle des machines et pénétrer au salon, revoir la place où s'asseyait la jeune fille, la table sur laquelle elle jetait les cartes quand elle jouait avec Blinis.

Il n'y pensait pas. Pourtant, au moment de sortir, il revint sur ses pas. Sans allumer, il trouva tout de suite, sous la couchette de droite, le vieux phonographe, la mallette de disques, et il les emporta.

Puis il remit l'écoutille en place et sans doute ne s'apercevrait-on pas avant longtemps que le cadenas manquait.

Un peu plus tard, il amarrait le canot où il l'avait pris, longeait la jetée à pas rapides. Sa tête était nue. Il portait les cheveux beaucoup plus courts que jadis et, sans doute parce qu'ils étaient du matin au soir au soleil, ils étaient devenus plus roux, avec des reflets d'un blond clair.

Il était seul sur la route, seul dans tout l'univers visible. Il s'arrêta sous un arbre pour rouler une cigarette, car maintenant il roulait ses cigarettes, et il reprit sa marche vers Antibes.

Lorsqu'il y arriva, il était un peu plus de minuit. La séance venait de finir et la foule s'écoulait rapidement, à cause de la pluie. Il passa d'abord dans le camion qui servait de chambre à vingt manœuvres et y déposa le phono et les disques.

— Te voilà, toi !... Où étais-tu ?

— Je vous demande pardon... J'ai été pris d'un malaise... Je suis allé chez le médecin...

— Au travail, fainéant !

Le contremaître était l'homme le plus gras du cirque et il n'y en avait pas un comme lui dans l'équipe pour faire de l'équilibre sur une poutre.

Les spectateurs étaient à peine sortis que les hommes, ayant retiré leur uniforme bleu ciel, revenaient en salopette, prenaient place à des endroits déterminés. Sans bruit, sans perte de temps, le cirque se déshabillait littéralement, se dépouillait d'abord de sa robe de toile, mettant à nu son immense squelette où brillaient quelques lampes électriques.

Des camions partaient en avant-garde, car on jouait le lendemain à Grasse et au petit jour, là-bas, sur une place toute pareille, le chapiteau s'édifierait avec précision devant les badauds, devant des petites bonnes émerveillées comme Lili.

On parlait peu. Un Tchèque, en passant, demanda à Vladimir :

— Où étais-tu ?

Et lui, plongeant la main dans sa poche, en retira un instant la liasse de billets.

— Mince !... Ça a réussi !...

Des coups de sifflets scandaient la manœuvre. Les camions venaient se ranger les uns après les autres pour prendre leur chargement.

Le monde n'était plus que lampes électriques trop crues, aux rayons perçants, et ombres où grouillaient d'autres ombres, les silhouettes des hommes. Des bruits de marteau. Des ronflements de moteurs. Les fenêtres des maisons qui s'éteignaient les unes après les autres.

Deux heures de ce régime et cela devenait extraordinaire, jusqu'à friser le fantastique. On évoluait au commandement des sifflets et l'esprit n'avait aucune part aux mouvements du corps. Les paupières picotaient. Les muscles faisaient mal. On gravitait dans un univers artificiel où seul vous affectait encore le choc brutal de la chair avec les objets, bois ou métal.

On comptait les minutes, inconsciemment. Tout l'être tendait vers le camion où on allait s'abattre à vingt, sur les paillasses, dans une chaude odeur de sueur humaine.

Puis, le camion lui-même se mettrait en marche, sans qu'on n'y fût plus pour rien. C'était au tour du chauffeur de lutter contre le sommeil en conduisant sa voiture le long des routes et en écarquillant les yeux sur la lumière pâle des phares.

On dormait, parfois les corps se heurtaient. On avait conscience du mouvement mais sans savoir où on était, ni même qui on était.

Un seul horizon, un seul avenir : le coup de sifflet qui viendrait déchirer soudain cette torpeur, le soleil déversé à flots dans le camion au moment où on en ouvrirait les portes.

Alors, chacun prendrait son seau de toile, irait le remplir d'eau fraîche.

182

Le torse nu, on se lavait sur la place publique, comme des soldats. Comme des soldats encore, on allait chercher son café dans un quart, sa ratatouille dans une gamelle, mais on trouvait un moment pour courir au bistro et avaler un verre de vin blanc.

Sifflet encore...

Vladimir avait sommeil. Certains, dans le camion, dormaient déjà.

— Je te l'avais annoncé, chuchotait-il au Tchèque qui était son voisin. Avoue que tu ne me croyais pas !

Il lui avait raconté que, lorsqu'on arriverait à Antibes, il retrouverait cinq mille francs qu'il avait cachés quelque part au temps de sa prospérité.

— Tu comprends ? Avec ça, j'ai de quoi prendre le train pour Varsovie. Celui qui m'a écrit est un ami. S'il prétend que Blinis est là, c'est que Blinis y est...

— Silence ! grognaient les autres.

Vladimir voulait bien se taire, mais il continuait à penser, les yeux ouverts.

— Tu pars demain ? questionna le Tchèque que cela ennuyait, parce qu'il allait avoir un nouveau voisin, peut-être quelqu'un qui ronflait, ou qui sentait mauvais ?

— Non. Je suis le cirque jusqu'en Suisse.

— Malgré tes cinq mille francs ?

Cela dépassait son entendement qu'on fît ce

métier alors qu'on possédait cinq beaux billets en poche.

— Malgré, oui !

— Je suppose que tu vas payer une fameuse tournée ?

Vladimir ne répondit pas. Il avait froncé les sourcils.

— Dis donc, est-ce que tu serais avare ?

— Silence, dans le coin ! cria quelqu'un.

Le moteur venait d'être mis en marche. Le camion démarrait.

— Je n'aurais pas cru ça de toi ! Tu vois comme on se trompe !

— Je ne suis pas avare. Seulement c'est de l'argent à Blinis !

— C'est différent. Pourquoi l'appelles-tu Blinis ?

— Parce qu'il faisait la cuisine et que, presque tous les jours, il préparait des blinis. Tu ne sais pas ce que c'est ?

— C'est russe ?

— Comme des crêpes. On les mange avec de la crème aigre...

— Je crois que je n'aimerais pas ça.

Le Tchèque dut s'endormir. Vladimir ne l'entendit plus.

Il comptait les jours : deux semaines avant d'arriver à Grenoble ; tout de suite après, on franchirait la frontière. Il n'y aurait pas de difficultés, car le cirque possédait un passeport collectif. Et, une fois à Genève...

Une jambe inconnue pesait sur la sienne. Son voisin de gauche lui soufflait sur le bras.

184

Avec des mouvements lents et adroits, Vladimir arriva à poser le phono sur ses genoux, à prendre un disque. L'aiguille commença par déraper, à cause des secousses, mais il la maintint du bout de l'index.

La musique, au début, se distingua à peine du vacarme du moteur, puis petit à petit s'en détacha : c'était un vieux tango qu'on jouait au temps où ils vivaient à Constantinople. Vladimir approchait le visage de l'appareil pour mieux entendre.

— Si tu ne nous laisses pas dormir, je te casse la gueule ! prononça enfin quelqu'un dans l'ombre.

Docile, il arrêta le phono, le mit sous le coussin qui lui servait d'oreiller, se faufila entre les jambes et les bras qui s'enchevêtraient autour de lui et poussa un soupir repu.

Quelques instants plus tard, il dormait et, pendant tout son sommeil, il eut aux lèvres la saveur des blinis à la crème aigre.

— T'es pas fou de faire de la musique la nuit ? lui dit un de ses compagnons tandis qu'à Grasse, derrière la roulotte, ils se lavaient l'un près de l'autre.

Vladimir souriait aux anges. À quoi bon répondre ? L'autre ne comprendrait pas.

— Voilà peut-être le vingtième Russe que je vois passer dans l'équipe, poursuivait son camarade, qui était du Nord. Je n'en ai pas encore vu un qui ne soit pas piqué ! Je ne dis pas ça pour te vexer, mais tu avoueras...

Il ne pleuvait plus. Le ciel était immobile, d'un bleu d'image d'Épinal et les deux hommes, en achevant leur toilette, louchaient vers un bistro tout blanc dont la porte s'ornait d'un rideau de perles. De loin, on voyait luire dans la pénombre le comptoir d'étain. On devinait les bouteilles, la fraîcheur du seau à glace.

— T'offres quelque chose ?

— Je lui ai déjà demandé hier, intervint le Tchèque. Rien à faire...

— J'offre quand même, décida Vladimir.

Et ils s'accoudèrent tous les trois au comptoir, avec un bref regard à l'horloge, car leur temps était compté. Il fallait se hâter de se détendre, d'aspirer tout le calme, toute la paresse de l'air.

— Vous serez prêts pour ce soir ? s'étonna le bistro avec un regard aux amas de poutres et de planches.

Encore six, cinq, quatre, trois minutes...

— Remettez ça ! commanda Vladimir en s'essuyant la bouche.

Deux minutes... Il lui restait juste le temps pour payer, reprendre sa monnaie, avaler le vin blanc qui scintillait dans son verre.

Puis ce serait le coup de sifflet...

CHAPITRE X

La neige ne tenait pas encore partout, car il ne faisait pas assez froid. Pourtant, à cause de la vitesse du train, de grandes fleurs de givre se dessinaient sur les vitres et il fallait en gratter des morceaux avec les ongles pour apercevoir le paysage.

Tantôt les tôles de la chaufferie étaient brûlantes et tantôt, après un arrêt dans une gare, les tuyaux étaient glacés.

C'était un vrai train, ce que Vladimir appelait un vrai train, c'est-à-dire un de ceux qui, déchirant d'une seule course trois ou quatre frontières, inspectés tantôt par des douaniers verts, tantôt par des bleus, aux képis toujours changeants, s'arrêtant sur quelque voie lointaine des gares des capitales pour repartir un peu plus tard, changent la destinée des voyageurs.

Ces trains-là ont leur odeur. Ils sont composés de wagons différents, français, suisses, allemands, polonais. On y accroche soudain un wagon pour Moscou ou pour la Finlande.

Sur la banquette d'en face, une Polonaise au

large visage, qui n'avait pas vingt-cinq ans, donnait toutes les deux heures le sein à un bébé tandis qu'un enfant de deux ans dormait dans une corbeille posée sur le plancher. Le mari était là aussi, un paysan aux cheveux blonds, à l'œil inquiet. Ils avaient des tas de bagages au fourgon, des bagages ahurissants, des malles sans serrure fermées par des cordes, des paniers, des caisses. Et, sur tout cela, des étiquettes de Chicago, de New York, d'une ligne de navigation italienne...

Les maisons des villes changeaient de forme et de couleurs à mesure qu'on avançait. Les champs devenaient plus vastes, sans clôture, plantés de bicoques qui commençaient déjà à ressembler à des isbas.

On s'entassait fraternellement. Vladimir, pour dormir, mit sa tête sur la cuisse d'un homme qu'il ne connaissait pas. Et déjà, par le fait qu'on descendait aux gares pour acheter à boire et à manger, on avait dans les poches des monnaies de pays différents.

Les yeux de Vladimir riaient. Un de ses compagnons était allemand, l'autre hongrois, mais tous se comprenaient.

— Je vais à Varsovie retrouver mon camarade...

C'était le mot *Kamarad* allemand, avec un *K* et avec toute sa poésie. Il comprenait le polonais et les Polonais comprenaient le russe. Chacun riait quand les autres faisaient des fautes.

Et, sur les champs, la neige commençait à tenir ; pas encore sur le toit des fermes.

— Avant, j'étais officier de marine mais, à la fin, je travaillais dans un cirque...

Chacun finissait par raconter sa vie, avec des détails qu'on n'eût pas donnés à son frère. Le Polonais avait passé trois ans aux États-Unis où ses enfants étaient nés. Il n'y avait plus de travail pour lui là-bas et il revenait voir au pays si la vie y était meilleure.

— Tu vas être en chômage, lui affirmait le Hongrois. C'est partout pareil, en Europe comme en Amérique. D'où es-tu ?

— De Vilna.

Celui-là ne descendrait pas encore du train à Varsovie. Il en avait pour une longue nuit à rouler ensuite avant d'atteindre la frontière nord du pays.

— Je ne savais pas où était mon ami... Il avait disparu depuis des mois... Un jour, comme ça, le cirque est passé à Toulouse... Vous ne connaissez pas Toulouse ?

L'Allemand y avait séjourné pendant la guerre, comme prisonnier. Cela devait être l'été, car il ne se souvenait que d'une chose : qu'il faisait une chaleur intolérable.

— À Toulouse, qui est-ce que je rencontre : l'ancien patron du restaurant de Constantinople où nous avons travaillé, Blinis et moi... Un Russe, un ancien capitaine de cavalerie...

Le radiateur se mettait à chauffer tellement qu'on vivait dans un bain de vapeur. Le bébé tétait l'énorme sein blafard. Des bouteilles de bière étaient placées par terre, entre les jambes.

C'était bon de parler, de dire n'importe quoi en

fumant des cigarettes qui, elles aussi, changeaient de goût à mesure qu'on avançait.

— Il avait justement reçu une lettre d'un de ses amis qui est à Varsovie...

Vladimir tenait à mettre les points sur les i, comme les vieilles femmes qui, quand elles racontent une histoire, spécifient les moindres relations de parenté entre les personnages.

— Encore un phénomène !... Lui, avant la Révolution, il n'était pas officier, pas même simple soldat, mais il voulait devenir pope... Savez-vous ce qu'il a fait ?... Il s'est engagé à l'*Hôtel Europeiski*, à Varsovie, comme portier... Parce qu'il faut vous dire qu'il parle toutes les langues d'Europe...

Il y avait des années qu'il n'avait plus bavardé ainsi, à la russe. Il s'amusait, s'émouvait lui-même.

— Qui est-ce qu'il voit arriver un jour ? Mon ami Blinis, dans une grosse auto américaine, avec un personnage qui avait retenu tout un appartement de l'hôtel !... Voilà ce que j'apprends à Toulouse : que mon Blinis est devenu le valet de chambre d'un financier belge et qu'il l'a accompagné à Varsovie... Est-ce que ce n'est pas la destinée, ça ?... Et la destinée encore de trouver mon pantalon de toile ?... Ça, vous ne pouvez pas le comprendre et je ne veux pas vous l'expliquer...

Il en brûlait d'envie. Son histoire lui semblait merveilleuse. Mais maintenant c'était le Polonais qui avait pris la parole et qui s'ingéniait à faire aux autres un tableau de la vie américaine.

— Tu parles anglais ? lui demanda le Hongrois.

— Non ! nous étions un quartier rien que de Polonais. À l'usine, il y en avait deux mille...

Vladimir caressait du regard le paysage d'une banlieue aux maisons grises, aux arbres dépouillés. Il souriait. Il sentait les quatre mille francs qui lui restaient dans la poche de sa chemise.

Il portait un nouveau costume, acheté en confection, un costume brun cette fois, un peu juste des épaules, qui gardait tous les faux plis, car le tissu était plein de coton.

On dormait. On se réveillait pour aller à la toilette ou pour boire une gorgée de bière. Le Hongrois s'était couché par terre, entre les banquettes, sur des journaux étalés.

Vladimir aurait voulu leur expliquer que, le plus inouï, c'est qu'on ne l'avait jamais retrouvé ! La police, évidemment ! Au début, il avait laissé bien pousser sa barbe, une barbe roussâtre, vaguement taillée carrée. Son portrait avait paru dans la plupart des journaux, mais le seul portrait qu'*ils* avaient trouvé le représentait avec sa casquette d'officier de yacht et son uniforme. Personne ne pouvait le reconnaître en salopette bleue.

Il avait soin de ne voir que des Russes. Il en connaissait dans presque chaque ville. Il se cachait à peine. Pourquoi ? Parce qu'il ne se sentait pas coupable. Il n'avait pas l'impression qu'il allait être pris, puni.

À tel point que, quand on l'embaucha au

cirque et que tout le monde rit de sa barbe, il n'hésita pas à la raser !

Il est vrai que les journaux pensaient déjà à autre chose, la police aussi, sans doute. Les badauds regardaient monter le chapiteau mais ne distinguaient pas le visage des hommes qui, minuscules, jonglaient avec les poutres géantes.

Même à Antibes... Il est vrai que, là, il avait évité de prendre place, en livrée bleu et or, au bord de la piste...

— Il n'y aura pas encore les traîneaux..., remarqua-t-il quand on eut franchi la douane polonaise.

Au premier village en bois, le Polonais pleura et à la première gare, quand il remonta dans le train, il était ivre de vodka.

Vladimir aussi ! Ils avaient bu ensemble. Vladimir n'avait pu se taire. Ses derniers mots à son compagnon avaient été :

— Ainsi, j'ai passé la frontière française sans même montrer mes papiers... Tu comprends ?

Maintenant, il lui lançait des clins d'œil comme pour lui rappeler son histoire, mais l'autre ne tardait pas à s'endormir.

À Varsovie, les taxis n'étaient pas encore remplacés par les traîneaux, non, mais, dans les rues, on pataugeait déjà dans la boue de neige sur laquelle les flocons qui tombaient restaient blancs l'espace d'une seconde. Vladimir se retourna sur le premier vieux Juif en pelisse qu'il aperçut et eut envie de courir.

Il connaissait la ville. Ils y étaient passés, avec Blinis, à l'époque où, tous les trois ou quatre mois, un train comme celui qu'il venait de prendre les emportait dans une autre ville, au-delà d'une autre frontière.

Un portier en uniforme était debout, majestueux, sur le perron de l'*Hôtel Europeiski*.

— Sacha ! s'exclama Vladimir, qui avait laissé son phono à la gare.

Et il éclata de rire, car l'ancien séminariste était devenu gras comme un pope, gras et grave, avec une énorme moustache comme on en portait avant guerre à la cour de Russie.

— Qui es-tu ?

— Tu ne me reconnais pas ? Vladimir... Vladimir Oulov... Blinis est là ?

— Quel Blinis ?

C'est vrai ! Sacha ne savait pas. C'était un surnom que son ami n'avait pas à l'époque !

— George Kalenine... Il était ici... Tu l'as écrit à Petrov, de Toulouse...

Mais une auto arrivait et le portier se précipitait, suivi le client jusqu'à la porte tournante du palace. Quand il revint, hésitant, vers son ami, ce fut pour lui dire :

— Attends-moi à sept heures au coin de la rue... Juste devant le ministère, là-bas...

Il neigeait ! Et de la boue plein les rues, de la boue glacée que les roues des autos vous envoyaient jusqu'au visage ! Et des manteaux d'astrakan, des pelisses, des vieilles maisons qui ressemblaient à des casernes...

Vladimir s'arrêtait devant toutes les vitrines et parfois même devant un passant qui lui rappelait quelque chose. Tout lui rappelait quelque chose. Il aspirait la ville par tous les pores. Il en oubliait de manger, de boire, mais quand il le fit ce fut pour avaler cinq ou six verres de vodka coup sur coup, de la meilleure, de la brune !

Le portier fut au rendez-vous, sans son uniforme, bien sûr, mais avec sa moustache et avec de bons caoutchoucs aux pieds, une pelisse sur le dos.

— D'où viens-tu ?

— De France, par la Suisse... Je suis venu retrouver Blinis, je veux dire George Kalenine... Il n'est pas à l'hôtel ?

Ils allèrent dîner dans un petit restaurant à un premier étage, et Vladimir aurait été de taille à manger de tous les plats, de tous les hors-d'œuvre surtout.

— Je ne sais pas ce qu'il est devenu, soupira le portier.

— Hein ?

— Il y a déjà un mois qu'on a arrêté le banquier.

— Quel banquier ?

— Le Belge. On a lancé un mandat d'extradition contre lui. Alors Blinis, comme tu l'appelles, s'est trouvé sur le pavé, sans un sou... Il n'avait pas de permis de travail... On est devenu très sévère pour les étrangers... La dernière fois que je l'ai vu, il vendait des grains de tournesol dans la rue.

— Blinis ?

194

— Je lui ai donné quelques zlotys, mais j'ai moi-même cinq enfants...

Le séminariste qui avait cinq enfants !

— Alors, tu ne sais pas où je le trouverai ?

— Kornilof pourrait sans doute te le dire...

— Qui est-ce ?

— Tu ne l'as pas connu ? Un ancien journaliste... Ici aussi, il est journaliste... Enfin, il envoie des articles à des revues de Berlin et de New York... Tu le trouveras dans les maisons neuves... Je vais te donner son adresse...

Vladimir commençait à avoir peur. Ce ne fut que le matin, dans le brouillard, qu'il chercha la maison de Kornilof, une caserne encore, en ciment, toute neuve et déjà délabrée.

C'était au diable. Il fallait traverser un terrain vague où on avait prévu l'établissement d'un jardin. On prévoyait toujours les choses au mieux. Mais, quant à les réaliser...

Il grimpa les étages, rencontra des femmes en négligé qui, une théière à la main, allaient préparer le thé dans la cuisine commune à chaque étage.

Kornilof était couché. Il avait la grippe. Son nez était rouge et suintant.

— Assieds-toi... Mets les journaux par terre. Ma femme m'a quitté la semaine dernière et depuis lors personne n'a mis de l'ordre ici...

— Mais George Kalenine ?

Je ne sais pas si c'est vrai... On m'a dit

qu'on l'avait rencontré à l'asile de nuit des quartiers ouest...

Il fallait attendre le soir. Vladimir, dans les rues, se retournait sur tous les pauvres types qui vendaient quelque chose.

Les réverbères s'allumèrent. La ville, à mesure qu'il se dirigeait vers la banlieue ouest, devenait plus misérable et des familles vivaient dans les sous-sols.

Il vit l'asile, une bâtisse immense et vieille. Des ombres rôdaient alentour, Vladimir ne comprenait pas encore pourquoi. Il gravit le perron. Une voix jaillissant d'un guichet l'arrêta.

C'était pour lui réclamer vingt centimes ! Voilà pourquoi tous ceux du dehors n'entraient pas ! Ils n'avaient pas les vingt centimes ! Ils attendaient de savoir s'il resterait de la place pour les pouilleux gratuits !

Dès les premiers pas, on plongeait dans une buée puante et on heurtait des formes humaines couchées par terre, à même le couloir.

À gauche, à droite, d'immenses pièces et, le long des murs, des cases, comme dans un bateau, des cases superposées jusqu'au plafond avec un homme, parfois deux ou trois, dans chacune.

Des gens encore par terre, assis, debout. Certains s'étaient déshabillés et avaient le torse nu. Il y en avait beaucoup de vieux avec des barbes, mais il y avait des jeunes aussi, au regard farouche.

— Tu ne connais pas un nommé George Kalenine ?... On l'appelle aussi Blinis...

L'homme à qui il s'adressait ne lui répondit

même pas, mais le regarda d'un œil sans sympathie.

Il était trop bien habillé, dans son complet à deux cents francs ! Il portait une chemise, une cravate ! On se retournait sur lui et certains crachaient par terre, de mépris.

Alors il s'affola. Combien étaient-ils ? Peut-être mille, peut-être plus, car il y avait encore des salles pareilles à l'étage au-dessus de l'escalier de fer. Comment retrouver Blinis ? Si seulement il avait osé crier son nom dans chaque salle !

Soudain une sonnerie retentit, semblable à une sonnerie de téléphone. Le timbre était tellement pareil qu'un instant Vladimir s'y trompa, se demanda s'il était le jouet d'un rêve.

Dans toutes les cases de bois, les hommes se soulevaient en grognant et ceux qui étaient couchés par terre se levaient aussi, engourdis, les yeux vides. Un prêtre entrait, un jeune, qui n'avait pas trente-cinq ans et qui portait la barbe.

Les hommes se reculaient pour le laisser passer. On le regardait sans amour, mais sans haine, et lui, ouvrant son livre noir, toussotait, jetait un coup d'œil paisible autour de lui avant de se signer d'un geste large que tout le monde imita plus ou moins.

Vladimir avait l'impression que tous les gueux allaient sauter sur lui, surtout qu'on ne voyait nulle trace de surveillance. Mais non ! Ils baissaient la tête pendant que le prêtre disait la prière du soir à voix haute. Vladimir, les yeux écarquillés, voyait remuer d'autres lèvres que les siennes...

Un signe de croix encore, le missel qui se refermait, le prêtre qui annonçait :

— Demain, à dix heures, je recevrai ceux qui veulent se confesser...

C'était déjà fini. Tout le monde parlait ou se recouchait. On ne s'occupait plus de l'aumônier qui sortait de sa démarche paisible tandis que Vladimir, soudain, les larmes aux yeux, l'angoisse dans la poitrine, criait d'une voix étranglée :

— Blinis !... Blinis !...

Comme on ne lui répondait pas dans la première salle, il se précipita dans la seconde, sans prendre garde aux trois hommes qui le suivaient, soupçonneux et menaçants.

— Blinis !...

Il était là, tout en haut ! Vladimir le voyait, assis sur sa couchette ! Blinis le regardait avec une sorte de terreur, un Blinis qui, lui aussi, avait de la barbe, ce qui le faisait ressembler à un christ.

— Blinis !... C'est moi...

Les hommes s'interrogeaient du regard pour savoir s'ils allaient sortir l'énergumène.

— Descends !... Viens vite !...

Blinis hésitait, se glissait le long des couchettes superposées. Il n'avait pas de chemise. Il portait un vieux veston sur la peau et Vladimir éclata en sanglots, le prit dans ses bras en balbutiant :

— Blinis !... Viens !... Partons...

On les entourait sans rien dire. Blinis était inquiet.

— Où veux-tu aller ?

— Tais-toi !... Viens ! J'ai de l'argent...

Il eut peur. Il n'aurait pas dû dire cela si haut.

Il se demandait si on n'allait pas sauter sur lui pour le voler. Il entraîna Blinis vers la porte en désespérant de l'atteindre en bon état.

— Je t'expliquerai...

La minute inouïe, ce fut quand ils poussèrent la porte vitrée et reçurent une bouffée d'air glacé.

— Viens...

Maintenant, Vladimir riait, riait surtout de l'air ahuri et effrayé de son compagnon. Ils étaient sauvés ! Ils étaient dans la rue !

— Attends !...

Il restait dix, peut-être quinze hommes qui n'avaient pas les vingt centimes et il leur distribua toute sa monnaie.

— Viens !... J'ai une chambre à l'hôtel...

Il l'obligea à sauter dans un tramway où tout le monde regarda la poitrine nue de Blinis. Un homme s'écarta, par peur de la vermine.

— Tu ne sais pas... Je te raconterai tout... C'est fini, maintenant !... On peut recommencer à vivre tous les deux...

— Pourquoi es-tu venu ?

— Tu ne comprends pas ? J'avais des remords. C'est moi, tu sais, qui avais pris la bague et qui l'avais mise dans ta boîte... J'étais jaloux !... J'étais devenu un autre homme... Regarde...

Discrètement, car, dans le tramway, il craignait d'être trop remarqué, il écarta son veston, montra les billets de mille francs sous sa chemise.

— C'est pour toi... Ils t'appartiennent... On va d'abord manger...

Ils errèrent un moment avant de retrouver le petit hôtel de Vladimir. Il leur fallait aussi découvrir une boutique ouverte et Vladimir acheta de tout, du caviar, du pain noir, du saucisson, des poissons fumés, une bouteille de vodka, un gros morceau de cochon de lait en gelée. Pendant qu'il était dans le magasin, Blinis restait à la porte, à cause de sa tenue.

— Viens !...

Il lui prenait le bras comme à une femme.

— Tu ne peux pas savoir... Maintenant que nous sommes à nouveau tous les deux...

— Tu as quitté Mme Papelier ?

Il rit, nerveusement, aux éclats.

— Tais-toi ! Je t'expliquerai...

Ils durent attendre que le gérant de l'hôtel eût le dos tourné pour passer et bondir dans l'escalier, car on n'aurait pas laissé entrer Blinis.

La lampe électrique était trop faible. Il y avait un gros poêle de faïence, sans feu. Vladimir en alluma, obligea Blinis à manger sans l'attendre.

— Tu parlais de Jeanne Papelier... Figure-toi que je l'ai tuée... C'était le seul moyen...

Il y avait si longtemps qu'il pensait à l'heure qu'il vivait ! Il aurait voulu tout dire à la fois !

— Mange... Bois... Si ! il faut que tu boives, pour te remonter et pour comprendre... Je voulais te faire partir à cause d'Hélène... Tu te souviens, quand tu lui apprenais à jouer au soixante-six ?

Vladimir regardait Blinis, puis tout de suite il détournait le regard, parce qu'il avait de la peine à reconnaître son camarade. Il ne se rendait pas compte que c'était un peu sa faute si Blinis était aussi éteint. Il lui en disait trop à la fois. Il l'assourdissait, le forçait à manger, à boire, à s'asseoir devant le feu. Un voisin frappa contre le mur pour les faire taire et on dut baisser la voix.

— Alors, pour m'en tirer, il ne restait plus qu'une chose à faire... je l'ai tuée... Tout s'est passé très bien... Tu es content, au moins ?

Blinis ne savait pas et, la preuve, c'est qu'il eut une crise de larmes, puis vomit d'un seul coup, sur la carpette, tout ce qu'il venait de manger.

— J'ai bien réfléchi, tu comprends... Il n'y a qu'une solution : c'est de rester nous deux, comme avant... Je t'ai apporté quatre mille francs... Si tu veux, on retournera à Constantinople, ou à Bucarest... On trouvera quelque chose à faire...

— Pourquoi as-tu mis la bague dans mon coffret ? fit Blinis.

— Je te l'ai déjà dit... J'étais jaloux... Et puis, j'étais comme envoûté !... C'est pour cela qu'il fallait en finir avec la vieille...

— Mais la bague ?

Il ne comprenait rien ! Il buvait, parce que Vladimir lui mettait le verre en main, et Vladimir buvait aussi.

— J'ai apporté le phono et les disques... Tiens ! le voilà...

Il aurait joué un disque si on n'avait frappé à nouveau à la cloison.

— Tu dormiras dans mon lit, moi par terre... Si !... Je veux... Et, dorénavant, ce n'est plus toi qui feras tout le travail...

Il était très rouge. Il buvait beaucoup. Il oubliait de manger.

— C'était toujours toi qui faisais le plus dur...

Mais je t'expliquerai... Ce n'est pas de ma faute...
Je ne pouvais pas... Maintenant, je crois que j'ai
compris... Attends ! J'ai une idée...

Une drôle d'idée ! Il alla chercher son blaireau
sur le lavabo et voulut à toute force raser son camarade. Blinis protesta, se laissa faire.

— Tu vois !... C'est juste comme avant... Demain, tu prendras un bain et j'irai t'acheter des
vêtements...

— Qu'est-ce qu'Hélène a dit ? questionna soudain Blinis.

— De quoi ?

— Que tu as tué sa mère...

Ce fut Vladimir qui détourna la tête. Il avait eu
tort de tant boire. Tout à l'heure, il était heureux
comme il ne l'avait jamais été. La vie recommençait, allait recommencer.

Ce serait comme avant : Constantinople ou une
autre ville, un travail quelconque, dans une usine,
dans un restaurant, peut-être dans un cirque ?...
Oui, dans un cirque, c'était mieux ! Et une petite
chambre, le phono, le marché qu'ils feraient tous
les deux en comptant les sous au fond de leur
poche...

Blinis n'était déjà plus le même depuis qu'il
était débarrassé de sa barbe.

— Est-ce que vous allez vous taire, nom de
Dieu ? cria le voisin qui était venu se camper derrière la porte.

— Chut !...

Vladimir, d'un seul trait, vida la bouteille et le
visage de Blinis s'estompa, devint double, avec

deux grandes bouches, quatre yeux immenses de biche ou de victime...

Soudain, il lança par terre la bouteille qui se brisa, cria à l'adresse du voisin :

— Voilà ! C'est fini ! On va se taire...

Et il poussait les billets de mille francs dans la main de Blinis.

— Tiens ! c'est à toi... Si !... À toi... Je le jure !... C'est Hélène qui me les a donnés...

— Pour moi ?

— Mais oui, pour toi ! Tu ne comprends pas ?

Il avait ce mot à la bouche depuis qu'il avait retrouvé son compagnon. Comprendre !

— Tu ne comprends pas que je suis encore en train de te voler ? Je voulais... Non ! tu ne peux pas comprendre... Je voulais que nous recommencions... Écoute ! Tant que je suis saoul, il vaut mieux que je le dise, parce que demain je n'aurai peut-être plus le courage... Quand j'ai bu, je sens que je suis une crapule... C'est peut-être pour ça que je bois... Écoute vite... Avec cet argent, il faut que tu ailles retrouver Hélène... Mais oui ! Surtout, fais ce que je te dis, même si j'ai bu... Elle va avoir un enfant... Un enfant de toi... Je te donnerai son adresse... Ou plutôt, tout ce que je sais, c'est qu'elle vit près de Melun, dans un village...

— Pourquoi dis-tu tout ça ? sanglota soudain Blinis.

Il avait les nerfs brisés. On venait de le secouer dans tous les sens. Jusqu'à ses joues rasées qui le déroutaient !

— Puisque je te jure que c'est vrai ! Même si demain j'essaie de te garder, il ne faut pas accepter, ni croire ce que je te dirai... J'ai peur d'être tout seul, tu comprends ?...

Cette fois, ce fut le propriétaire qui vint frapper à la porte. Vladimir ouvrit.

— Comment se fait-il que vous soyez deux ?

— Je vous expliquerai demain... Je paierai pour deux...

— À moins que d'ici là j'appelle la police, ce que je ferai si vous empêchez encore les voyageurs de dormir !

Vladimir finit par s'assoupir, une main sous la nuque de Blinis. Il se leva bien avant son camarade. Il avait la gueule de bois. La neige, comme cela arrive au début de l'hiver, s'était changée en pluie. Tout était noir et blanc de ce qu'on voyait par la fenêtre.

Blinis dormait la bouche ouverte. Il était tout nu, à demi découvert, pareil à un enfant.

Dans une heure, peut-être qu'il serait trop tard ? Vladimir ne serait plus le même. À regarder les dos des maisons et les toits luisants, il sentait déjà une angoisse l'envahir.

Il s'assit devant la table, prit un morceau de papier, un crayon, écrivit en russe :

« Je garde mille francs pour que ce soit moins dur... C'est près de Melun, un village... Elle est avec une infirmière qui s'appelle Mlle Blanche...

» Tu trouveras bien... C'est moi qui ai mis la bague dans ton coffret... Si tu lui montres ce billet, elle le croira... »

204

Il ne voulait pas être un héros. Il emportait mille francs. Il avait dans l'idée d'aller retrouver Sacha, le portier de l'*Europeiski*, car il parlait quatre langues, lui aussi.

Blinis, dans son sommeil, soupira et Vladimir faillit déchirer le papier.

« *Si ton œil est un objet de scandale...* »

Ce qui le rassurait, c'est que l'infirmière était restée avec Hélène. Il l'avait peut-être détestée, mais il la respectait. Elle le méprisait. Lui l'admirait et il était sûr que, grâce à elle, l'enfant naîtrait.,

Il avait peut-être tort de prendre les mille francs ? Ce serait évidemment plus beau si...

Mais non ! Et, au surplus, il emportait le phonographe, les disques. C'était à eux deux, mais n'était-ce pas encore lui qui, en fin de compte, avait le plus donné ?

Il pouvait vivre une heure pathétique en éveillant Blinis, en lui parlant, en racontant tout ce qu'il avait fait.

Ça, il eut le courage d'y renoncer. Il sortit sur la pointe des pieds. Le gérant l'attendait en bas, d'autant plus soupçonneux qu'il le voyait partir avec sa valise et son phono.

— Qui est-ce qui me paiera ?

Il pouvait le faire. Mais c'était déjà écorner les mille francs. Blinis en avait trois mille !

— Mon ami a de l'argent...

— Vous en êtes sûr, au moins ?

— Je le jure !

Car il devait maintenant compter sou par sou.

— Tu as retrouvé George Kalenine ?

— Oui... Je crois qu'il va rentrer en France... Écoute... Tu n'aurais pas une petite place pour moi à l'hôtel ?

— C'est difficile... Reviens me voir la semaine prochaine...

Exactement ce qu'il avait dû dire à Blinis.

Et Blinis avait vendu des grains de tournesol dans la rue avant d'échouer à l'asile de nuit...

Il n'y avait même plus de neige fondue mais seulement de la pluie.

Vladimir possédait mille francs. Il les changea exprès dans un petit café où cette somme parut fabuleuse. Il but de la vodka, verre après verre. Il ne put en boire que pour vingt francs et à la fin il calculait qu'à ce compte il en avait pour un bon mois avant de faire comme Blinis...

Car l'idée venait de naître en lui avec l'ivresse : pour expier, il devait vivre ce que Blinis avait vécu, il devait finir, la barbe sale, sans chemise sous son veston, à l'asile de nuit.

— Tu comprends, lui disait le portier la semaine suivante, une place, on pourrait à la rigueur en trouver, mais c'est le permis de travail...

Vladimir avait bu avant de venir et Vladimir souriait, parce qu'il était content, parce qu'il prenait tout doucement, comme Blinis l'avait fait, la route de l'asile...

Tout était bien... Oui ! à y réfléchir, tout était bien... Le dimanche après-midi, l'adjoint devait s'endormir, couché de travers sur la banquette de chez Polyte, tandis que Lili lavait les verres...

N'empêche que, s'il l'avait voulu...

Mais c'est justement pour ça que c'était bien !

1937.

DU MÊME AUTEUR

Composition Nord Compo.
Impression Société Nouvelle Firmin-Didot
à Mesnil-sur-l'Estrée, le 3 janvier 2003.
Dépôt légal : janvier 2003.
Numéro d'imprimeur : 62303.

ISBN 2-07-042233-X/Imprimé en France.

121960